南谯故事选编

滁州市南谯区文化和旅游局/编著

全国百佳图书出版单位
时代出版传媒股份有限公司
黄山书社

图书在版编目(CIP)数据

南谯故事选编 / 滁州市南谯区文化和旅游局编著.
—合肥:黄山书社,2021.4
ISBN 978-7-5461-7360-3

Ⅰ.①南… Ⅱ.①滁… Ⅲ.①民间故事-作品集-滁州
Ⅳ.①I277.3

中国版本图书馆 CIP 数据核字(2021)第 075301 号

南谯故事选编 滁州市南谯区文化和旅游局 编著

出品人 贾兴权
责任编辑 高 杨 何 琦
责任印制 李 磊
装帧设计 钱 昆
出版发行 时代出版传媒股份有限公司(http://www.press-mart.com)
黄山书社(http://www.hspress.cn)
地址邮编 安徽省合肥市蜀山区翡翠路 1118 号出版传媒广场 7 层 230071
印 刷 安徽国文彩印有限公司
版 次 2021 年 5 月第 1 版
印 次 2021 年 5 月第 1 次印刷
开 本 700mm×1000mm 1/16
字 数 200 千字
印 张 13
书 号 ISBN 978-7-5461-7360-3
定 价 59.00 元

服务热线 0551-63533706
销售热线 0551-63533761
官方直营书店(https://hsss.tmall.com)

编辑委员会

序

南朝陈太建七年（公元 575 年）建立南谯州，滁州市 1993 年成立的南谯区因此而得名。

南谯建区时间虽不长，但历史悠久；境内山川秀美，文化底蕴丰厚。卜家墩、陈葛等遗址出土的文物表明，该地区新石器时期已有人类居住，商周时期已有村落。古往今来，勤劳的南谯人民创造了丰硕的物质财富和灿烂的历史文化，尤其是民间传说更是群星璀璨、各呈异彩。先民们在生产、生活和社会活动中，产生了众多的与地名、风物、动植物等有关的美丽传说。这些传说故事脱胎于南谯的自然环境、文物古迹和日常生活，不仅具有一定的史料价值，而且是地方宣传中的精彩篇章。

南谯是块英雄的土地，为中国革命做出过重要贡献。抗战时期，这里属淮南抗日根据地。中共苏皖省委、新四军四支队司令部等抗日军政机关先后驻境内章广镇。刘少奇、张云逸、徐海东、罗炳辉等老一辈无产阶级革命家、军事家曾在这片土地上留下光辉的足迹，演绎威武雄壮、流光溢彩的英雄史诗。据地方史志记载，抗日战争和解放战争期间在境内发生过规模较大的战斗就有十多次，不少战斗相当惨烈。英雄们可歌可泣的革命斗争故事一直在南谯广为流传，这无疑是一笔宝贵的精神财富，也是进行革命传统教育和爱国主义教育的好材料。

南谯境内古树名木众多，千年古树彰显了自古以来南谯人就具有爱植树、珍爱树的优良传统。一棵棵古树名木就是一串串故事，也是教育人们爱护自然环境的鲜活事例。

随着时代变迁，经济社会快速发展，新故事不断涌现，反映新时代、新思想、新生活、新风貌，对启迪教育人们具有一定的现实意义。

南谯故事是劳动人民情感和历史文化结合的精神载体，传承着人们与命运抗争的优良品质，反映人们的美好愿望与爱憎。这些故事经口口相传，由于年代久远，有的正在失传、散落。为了保护这些不可再生的文化遗产，区文化和旅游局征集、编辑《南谯故事选编》，是一项功在当代、影响深远的文化工程，可喜可贺。

这次选编的南谯故事，都是在本区域流传，由本区人讲述、收集整理编辑，因而具有鲜明的地方特色和浓厚的乡土气息。这本书既有趣味性，也有可读性，从一个侧面展示了南谯的自然与人文。阅读这些故事对于了解南谯历史文化也大有裨益。

《南谯故事选编》的编辑出版，应归功于区委、区政府的正确领导，也倾注了编辑人员的心血。值此付梓之际，对《南谯故事选编》的参与者及关心支持此项工作的全体同志表示诚挚感谢！是为序。

2021 年 4 月 12 日

目　　录

南谯区名由来

南谯区名字的来历既有史料记载，也有口头传说。笔者综合两方面的说法将其整理如下，以飨读者。

“南谯”由来的背景可追溯到三国之后，就是1700多年前的西晋“八王之乱”时期。司马氏结束“三国”纷争，统一全国，建立晋王朝，后分为西晋和东晋。西晋末年，皇室内部的赵王、长沙王、东海王等八个藩王争权夺利，相互残杀，造成社会动乱，人民怨恨，历史上称为“八王之乱”。由于八王之乱，外族匈奴在晋怀帝永嘉年间（307—311）乘机入侵，俘虏晋怀帝司马炽，史称“永嘉之乱”。三年后晋愍帝司马邺又被匈奴俘虏，西晋灭亡。

“八王之乱”和“永嘉之乱”之后，北方大量的士族（也就是贵族）和平民，为了逃避战乱，纷纷南下流亡。因为当时是宗族制的社会，这种流亡就带有一定的宗族集团组织大迁徙的性质，所以流亡人群比较集中。当北方的大量人群渡过淮河、长江择地定居下来以后，从感情上来讲他们仍思念老家的故地郡县。东晋初年，丞相王导为了安抚南下人群的心灵，在南下人聚居比较集中的地方实行“侨寄法”。何谓“侨寄法”？就是按南下人群原籍郡、州、县名称设置行政管理机构。为了与北方原来的郡、州、县有区别，就在南方新设立的郡、州、县名前加上“南”字。这个做法在历史上被称为“侨寄郡县”。什么是侨寄呢？侨寄就是在外地、外乡寓居的意思。今天的滁州及全椒一带，在那时就有“南谯郡”“谯州”“南谯州”等郡、州、县名称。而与“南谯”相对应的，在宿州、亳州、徐州一带还有“北谯郡”“北谯州”。可见“南谯”与“北谯”都是两晋和南北朝时期北方人口逐渐南迁而形成的一种特定历史印记的地名。

谯州、南谯州是什么时候设立的？东晋之后是南北朝。南北朝先后经历宋、齐、梁、陈四个朝代。南北朝梁大同二年（536）建立谯州，谯州州府驻地新昌城（今滁州）。南北朝陈太建七年（575）改谯州为南谯州，州府驻地没有变动，仍在滁州。这就是历史上南谯州的设置情形，也是“南谯”地名的真正来历。南谯州是什么时候被撤销的呢？是在隋朝。隋文帝开皇九年（589）改南谯州为滁州。南谯州在历史上存在了十四年。

1992 年，原滁县地区筹建省辖滁州市，同时设立琅琊、南谯两个区。琅琊区名好理解，由琅琊山而取名；南谯区则是因为古南谯州而得名的。了解上述历史，也就明白“南谯”的由来了。

根据有关历史资料编撰

搜集整理：汪宗文

乌衣镇传说

乌衣镇地名由来有几种说法：有宝珠与乌鱼的故事，有乌衣形似乌鱼谐音“乌衣”的传说，还有的说与东晋开国丞相王导及其家族在这里侨居有关，今天来说说王导与乌衣地名的故事。

王导是北方的琅琊临沂（今山东临沂）人，其祖父、父亲都曾为官，家族显赫。他为何侨居乌衣呢？这要回顾一下历史。西晋末年，皇族内部相互残杀，外族匈奴又乘机入侵，王导见西晋社稷将倾覆，暗自立下复兴晋室的心志，全力拥戴琅琊王。琅琊王司马睿为安东将军时，王导在将军府中任军师，成为司马睿主要谋士，两人亲密友善。为避开西晋末年的战乱，主要是离开动荡之地，发展实力以中兴晋王朝，他劝说司马睿离开京城洛阳，请旨到南方任职。公元 307 年，晋怀帝司马炽下旨敕封琅琊王司马睿为安东大将军，镇守建邺（今南京），都督扬州江南诸军事。皇帝虽然下旨了，但面对皇权丧失的现实，王导深知这仅能给司马睿南下提供一个正当理由。因为当时扬州所属地带一直都是各派政治军事势力冲突的战场。而作为东吴旧都的建邺不仅是各派政治集团的争夺目标，而且旧的门阀大族残余势力非常强大，他们是不会理睬朝廷的一纸空文的。司马睿直接前往南京就职是不可能的，那么先到什么地方开辟建设自己的根据地，以壮大力量呢？他们自然会想到司马睿祖父、司马懿的第五个儿子、第一代琅琊王司马伷建立功绩的地方，就是长江北边的滁河流域中部一带，也就是今天滁州南部一带。滁河北岸还曾有司马伷的兵营——乌衣营（营中之兵皆穿黑色衣服）。西晋晋武帝咸宁五年（279）11 月，镇东大将军、琅琊王司马伷率军自滁河中游出兵攻吴。第二年 2 月，吴王孙皓派遣使臣送玉玺请求投降。这段历史他们当然不会忘记。

从地理位置上讲，滁州向来是南京的门户，是占据南京的必争之地。而乌衣紧靠清流河，舟船通滁河进长江，交通方便，人口较多，经济相对发达。距乌衣不远的琅琊山区方圆有三四百平方千米，既有险可守，又可囤积粮草，秣马厉兵。这就是王导、王旷（王羲之之父）等兄弟侨居乌衣，司马睿驻跸琅琊山的主要原因。

王导家族在此侨居，多身着黑衣，古人视黑色衣服为显贵。百姓称之为乌衣，也就产生了乌衣的地名。

根据《东晋名相与滁州乌衣》等有关资料编撰

搜集整理：孙怀发

沙河传说

很久以前，有户人家，姓王名进财，膝下无子，只有一个女儿名叫翠娟。这王进财，不务正业，家境贫寒。

翠娟年方一十八岁时，出落得十分漂亮。方圆几十里地都知道王家出了只金凤凰，因此前来求婚的人络绎不绝，但翠娟都不愿意。只因翠娟不仅生得相貌出众，而且贤惠善良，她心中早有了意中人。这意中人不是有钱人家的纨绔子弟，而是一个以打柴为生的后生，名叫赵炳。她看小伙子忠厚老实，朴实善良，对双目失明的母亲十分孝敬，便把终身许与赵炳，赵炳也早对翠娟有意，怎奈家境贫寒不好开口。

有一天，翠娟趁父亲不备，偷偷与赵炳相会。让他托媒人到她家提亲。赵炳说："我没钱，你父亲是不会同意的。"翠娟说："我是父母掌上明珠，尽管父亲贪财，只要我同意，他也没办法。"

第二天，赵家果然托媒人到王家提亲。王进财一听气得火冒三丈，大骂道："瞧你那穷样子，还想娶我家女儿，真是癞蛤蟆想吃天鹅肉。"翠娟知道赵炳已托人来提亲，很高兴，但听说父亲反对，又很着急，连忙出来对父亲说了自己的心愿。王进财一听更加生气。但看小女死心塌地的样子，自知强硬无果，便对媒人说："必须答应我一个条件。"媒人一听很高兴，赶紧问："什么条件？"王进财笑笑说："交一百两银子的定礼。"王进财心想，赵炳一辈子也挣不到一百两银子。翠娟和媒人一听，大惊失色，正在此时，就听门口有人高声说道："行！"众人抬头一看，不是别人正是赵炳。

从这以后，赵炳起早贪黑到附近的白米山上砍柴。饿了就吃野果子，渴了就喝点山泉。山上的和尚看他很忠厚，就经常给他一些白米山洞里淌出来的白米度饥。这天，老和尚看他脸色不对，就关切地问："有什么难处对我说来，我可以帮你。"赵炳一向很尊敬老和尚，就把心里话如实地告诉了他。老和尚听了就长叹了一声说："这事不难。"老和尚停了一会说："今晚午夜，你不要睡觉，手里端着一个木盘子跪在地上，眼睛不要睁就行了。"晚上赵炳照着老和尚的说法去做了。等到天亮了睁眼一看，盘中有一百两白花花的银子。赵炳就托媒人给王家送去了。王进财一看，果真是一百两白花花的银子，心里很是高兴。但转念一想：这小子哪里弄来这么多钱，这其中必有缘故。他眼珠一转计上心来，乐呵呵地对媒人说："今晚叫赵炳来，我要好好招待即将上门的女婿。"赵炳知道后心里非常高兴，就到王家去了。赵炳进门一看，桌上果真摆了一桌酒菜，王进财见赵炳到来，连忙迎接。落座后，酒过三巡，菜过五味，王进财开腔了："都是我不好，向你要那么多的钱，本来自家人嘛！何必这样呢？这银子如果是向别人借的就把它还回去。"赵炳听了，老老实实地说："这银子不是我赚的，也不是向别人借的。"王进财急忙问："哪来的？"赵炳一五一十地把如何得到银子的经过都说了出来。王进财听了犹如六月天喝冰水，高兴万般，便假惺惺地说："现在你我两家都很穷，你们马上要办喜事，这一百两银子也不够用，你不如再去跟老和尚说说再给一千两。"赵炳很为难地说："这怎么行呢？本来这一百两银子我都不愿要，这不是凭力气挣来的，现在又让我……"王进财眼珠一瞪，从牙缝挤出一句话："不干就别想娶我女儿。"赵炳只得又去把难处向老和尚说了。老和尚为难地说："试试看吧。"果然，赵炳第二天又给王进财送了一千两银子。这回王进财有钱了，便开始买田置地了，可是他心里还不满足。在他的庄田里有条河流过。他就对赵炳说："我想要河里的水全部变为金子，这样就有用不完的金子。"赵炳知道不满足他是不行的，又只好硬着头皮去向老和尚请求。老和尚微微地摇摇头说："这次可不行了，不过你是为翠娟，我再去试一试吧。"赵炳磕头谢过老和尚便回家了。第二天，王进财天没亮就到小河边了，见河水闪着金光，他发疯似的向河里奔去，把一河金子都据为己有。从此王进财就更富有了，便把周围的山都买过来，但他还不满足，又逼赵炳去让老和尚把白米山上的石头都变为金子，这样他就有金河金山了。赵炳知道王进财是不会满足的，虽然不想再去请求老和尚，可一想起心爱的翠娟还是硬着头皮去了。当赵炳还没有走进庙门时，就听见老和尚在里面说："人不知足，必自灭，赵炳你不用再来了。"赵炳听后只好悻悻而归。结果，第二天河里的黄金全变成了黄沙，王进财正准备到山上看石头是否又成了金子，路过河边时，见河里的金子全部变成沙子，这一惊非同小可，这个爱钱如命的人，惊叫一声："我的金子！"便一头扑进河水里再也没有上来。后来这条河就叫沙河，沙河镇也因这条河而得名。

讲述人：周长英

搜集整理：张荣江

腰铺传说

腰铺原来叫仁义铺，后来传说天上的白虎星在这里与人间的凡人缔结姻缘，人们就叫它“妖铺”，后又谐音为“腰铺”。

腰铺处在滁州和全椒之间，古时曾设立官方的驿站，南来北往的人要翻越它北面的关山洞，大多要在这里投宿。为方便商贾过客，集镇上有户姓张的人家，就在驿站旁开了一个客栈。张老板懂得和气生财的道理，凡是过往旅客，只要投宿他的旅店，不论有钱无钱，钱多钱少，都不计较，保管你住得满意，吃得舒心。时间长了，人们都说这张老板为人仁义，也就称他为张仁义。张仁义待人热情，他的客栈里的回头客越来越多，张仁义的名声越传越广，后来人们就用张仁义店铺的名气代表这地方的名字，称此地为仁义铺。

后来，明朝有个叫崔韬的人，考取进士，朝廷委派他到江西某地做官。他从京城一路南下，当翻过滁州关山洞，赶到仁义铺时，一是天要下雨，二是天色将晚，他也很劳累，便想在仁义铺投宿一晚，第二天再上路。崔韬来到张仁义的旅店，要求住宿，张仁义告之，由于天要下雨，晚上住店的人多，加的铺都住满了，要是他不嫌弃，旅店后院有间放杂物的小屋也许能凑合一夜，崔韬答应了。张仁义立即吩咐伙计把小屋清理一下，并临时搭一个铺，伙计还提醒崔韬，说这小屋门外有口枯井，叫他行路注意，不要掉下去，为防意外，崔韬从小屋中找块木板盖在枯井上。

晚饭后，天上下起了小雨，旅途劳累一天的崔韬尚无睡意，就点着油灯看起书来。约在午夜时分，崔韬隐约听到院中有响声，由于他住的小屋的门没有上栓，只听“吱”的一声，门像被风刮开了，随着灯火闪烁，崔韬的目光从书上移到门口。他吃惊地发现，门开后从外蹿进来一只老虎，他正要惊叫，但见那老虎没有朝自己扑来，而是顺地一滚。虎皮落地，一个漂亮的少女站在崔韬面前，对他含情脉脉地露出了笑容。

崔韬见该女子对自己并无恶意，于是定了定神，用既责备又劝诫的口气说：“深更半夜的你一个女孩子家，闯到男人房间，不怕人家笑话而有损你的名声吗？请你好自为之，还是赶快离开吧！”谁知那女子朝崔韬跪下说：“官人息怒，容小女子说几句话，说完再走也不迟。”崔韬说：“你有什么话，就请站起来说吧。”那姑娘站起身说道：“我是天上白虎星下凡。早些年间，我见人间七彩世界很是好看，就经常下凡来到人间，变成一只白虎在山林中游玩。有一次，我游荡到琅琊山，一个猎人所挖的陷阱把我捕获，那猎人就把我卖给滁州开中药铺的。这开中药铺的掌柜就是你的老祖宗。他花钱买虎本是想用虎骨泡酒后作为药酒出售的。那次他买下我后，见我浑身雪白没有一根杂毛，甚感惊奇，又见我双眼流泪，知我非一般老虎，就没有杀我，而是把我送回山林。后来你的祖辈又迁入蒲州，我一心想报答这不杀之恩。当得知你是恩人的后辈，如今十年寒窗，学有所成，又才貌双全，我又下凡来，想嫁给官人，结为伴侣，望官人能不嫌弃，成全我的心愿。”那姑娘说完，眼中已噙满了泪水。

崔韬见这女子生得眉清目秀，眼中一汪秋水正如带雨的梨花，崔韬生来没见过这样的美人，他动了心。但他必定是读书之人，除读圣贤书之外，也读过许多野史杂记、神鬼精怪之类的闲书。他想这女子说的话我不知真假，但她既然知道我十年寒窗之苦，应不是平常之人，还是防一手为好。于是他借故外出小解，略施一计，顺手把那张虎皮拾起来丢到外面枯井中去，然后才与那美人同床共寝。鸡叫之时，那女子下床找虎皮，但没找到，也就随崔韬上路了。

崔韬在江西为官五年后，奉召回京要到其他地方任职。来时孤身一人，半路成家，在江西又育有一对子女，如今是一家四口同行很是幸福。当他们走到仁义铺时，触景生情，夫妻俩都说要在此住一晚，以便明天翻越关山洞。张仁义在旅店见来一位官人，忙把他们领进一个上等的房间，而他夫妇却说把那间上等房留给随从和孩子住，他夫妇俩要到后院那小屋住，老板有所不解，崔韬就说出当年在这间小屋缔结姻缘的事。店老板张仁义得知他俩是想重温那段旧梦，就忙安排伙计把小屋清扫一番。

天色将晚，崔韬夫妇进了小屋，妻子动情地说："官人，当年我披的那张虎皮不知丢到哪里去了。"崔韬见心爱的妻子思念旧物也就告诉她说："那东西被我丢到外面井中去了。"妻子说能否捞上来看一看，崔韬为取悦妻子，忙叫来随从和张仁义，请他们下井去取出虎皮，由于是枯井，被取出的虎皮仍完好如初。

看见虎皮，崔韬妻子不禁留下两行热泪，她手拿着那张皮对崔韬说："官人，见了这张虎皮，我就要回天界去了，你我夫妻一场，缘分已尽，请你好好抚养我们的孩子。"说完把那张虎皮往身后一披，只见一道白光升天而去，崔韬和在场的人见此情景，方知她是天上仙人。

第二天，崔韬在离开张仁义旅店前，提笔在那间小屋的门楣上写上"妖铺"两个字。张仁义一见，不由大惊，惊慌地说："崔老爷，使不得，别人都称此地为'仁义铺'。你却题下'妖铺'，下次谁还敢来?"崔韬依然停留在对爱妻的思念之中，他无限惆怅地对张仁义说："这个'妖'字，不是'妖怪'的意思，是'美好''妖媚'的意思。'妖铺'就是美好的停留地。"听他这么一说，张仁义连连点头。这个故事一传开，仁义铺就被称作"妖铺"了。后来，生活在妖铺的人还是认为这个"妖"字有妖怪之嫌，又因这地方正好处在全椒和滁州两地的中间，就把它谐音为腰铺了。

讲述人：杜昌年

收集整理：贾鸿彬　贲明广

章广镇来历

章广镇政府驻地的章广集，原名章官集，是章、官两姓在此做生意而兴起的集镇。后来又叫章广集，这说起来有一段故事。

相传很多年以前，有章、官两姓人家分别在一条河流的两边居住。章姓住在河南岸，官姓住在河北岸。这两姓人家都是生意人。做生意需要集市，两姓商量共同新建一个集市。章姓要在河南岸建集，官姓要在河北岸建市，争来争去，两姓各不相让，最后决定打赌来决定这件事，就是各建一个集市，看哪个集市兴旺，由地方上的头面人物与士绅作证人。赌注是败者把商号招牌拿到胜者的集镇去，三年内不得撤回来，并约定农历十月初四开集，以后每逢四、九为集日。

打赌之后，两姓各自在选择的地方行动，搭商铺、圈牛市、建猪行……又四处张贴开集告示，邀请商家，着实忙碌了一阵子。开集这天，双方都请来戏班子，从初四唱到初十四，连续唱戏十一天，以烘托气氛。结果是官姓建的集胜了，称为得胜集。因为得胜集地址较好，交通方便，赶集的人络绎不绝，集市上人多，商品多，交易成交的也多。章姓的集离水边太近，并且地势低洼，道路又不怎么好走，赶集的人少，商品少，所以败给官姓。败掉的集称为灰尘集。灰尘集从此以后就没有再逢集了。而得胜集一直延续下来，至今仍是农历的四、九逢集。

章姓失败以后，按事先的规定，只得把商号招牌迁到得胜集去做生意，但其内心并不服气。三年过后，章姓撤回商号招牌，准备在灰尘集南边四里路，滁州到合肥的大道边再建集市。官姓也发现这个地位优势，决定摒弃前嫌，在章姓选择的地址上共同开辟集市。章姓也觉得做生意市场最重要，各做各的生意，两姓没有必要再作无意义的争执，就满口答应了。于是两姓联合起来，共同新建了一个集市。这个集就叫“章官集”。由于“官”与“管”音相近，还有人称“章管集”的。

章官集于农历的二、七逢集，由于两姓共同经营管理，集市越来越兴旺，逐步发展成为滁州西部山区的一个重要集镇。又不知过了多少年，官姓生意人陆续迁徙走了，章官集的集市贸易也有些衰败。此时，章姓中出了一个叫章广的人，这个人很会经营，他又开拓、繁荣了章官集的市场。由于这个叫章广的人有了名声，此地又渐渐被称为章广集，但仍有人称呼章官集、章管集。

抗日战争时期，共产党领导的抗日民主政府在这里建立了章广乡（据说当时为避免“官”“管”不清，故取名“章广”），从此以后这个集就称为章广集了。

讲述人：高太明

搜集整理：汪宗文

施家集传说

施集镇政府驻地施家集，这是滁州西部山区经济发达、市场繁荣的一个农村集镇，说到它的兴起，有个传说。

很久以前，这里有一个姓施的老夫妻俩，开个糟坊，靠酿酒为生。儿子少兴，从小读过几年私塾，十六岁时跟着父母当帮手。少兴十九岁那年，听说北边酿造的古井贡酒、口子酒品位高，销量好，就要去学手艺。这一天是出门的吉日，少兴带上干粮、盘缠，辞别父母，离家而去。少兴晓行夜宿，去时一路平安。学艺回来的第二天傍晚，天上刮风又下雨，少兴迷了路，天黑下来了还没有找到店铺。正在着急之时，荒野中蹿出一伙强盗，抢走了行李，还打了他一顿。少兴呼天不应，叫地不灵，又找不到避雨的地方，只得跌跌撞撞、冒雨赶路。到半夜时，衣服全淋湿了，腿也跌伤了，他才找到一个村庄，就在一个稻草堆旁边累倒了。天亮以后，一个老人发现了少兴，见他是外地赶路人，就把少兴背到家里，洗漱换衣，留在家里住下。少兴一觉醒来，只见这家披红挂彩，人来人往，待弄明白原因时，少兴着实吃了一惊。

这家姓桂，夫妻俩只有一个女儿，名叫桂花。桂花已经十八岁，尚没有婚配。这一带正在风行“拉郎配”，因为这地方有可怕的麻风病流行，少女若患上这种病，在潜伏期中与男子同床之后，病就传给男人，自己就没事了。所以有成年姑娘的人家，就千方百计“拉郎”来家成亲。这时的施少兴不知内情，但已是身不由己，被迫与桂花拜堂。送入洞房后，桂花愁眉不展，口中叹气。他问起原因，桂花先是不说，在少兴再三追问下，桂花流着眼泪说出两人成亲的原因。她还告诉少兴，得这种病的人先是头发和眉毛脱落，接着全身疼痛，痛苦之中，身上的肉一块一块烂掉，这个病在时下是不治之症。停了一会，桂花擦了眼泪说，听说你家就你一个儿子，我就是死也不能把病传给你，使你家断掉香火。少兴被桂花感动，也含着泪说，已经拜过堂了，不管如何，我们都是夫妻，我要想办法找名医为你治好病。两人各表心迹到深夜，为避免接触，桂花在洞房里搭张铺，两人分床而睡。过了三朝之后，少兴告别桂花与岳父母回乡而去。

再说桂花，在少兴走后两个多月，麻风病发作，为了不连累父母，她忍着病痛南下寻找少兴，打算看他一眼之后，了结一生。桂花按照少兴留下的地址，找到了施家，这时她的头发、眉毛已脱落，身上开始肿痛。两人见面后，少兴怎么也不让她走。桂花要求单住一间房子，封起房门与外界隔绝。少兴每天从窗户送饭送水，嘘寒问暖，悉心照料。几天以后，少兴安排好糟坊中的事情到外地要账。打算筹集银两，寻求名医，为桂花治病。因几天才能回来，少兴就叫在施家糟坊打杂的送饭给桂花吃。谁知当天晚饭烧咸了点，送饭的又忘记带茶水，夜里桂花口渴难忍，因为少兴不在家，不好惊动别人，就自已找水喝。她住的屋里有个埋在地下的大缸，里面有些酒，酒上落满了灰尘。桂花口渴难忍，也想借酒消愁，于是就抹去灰尘，舀了小半碗酒一口气喝下。喝过酒之后，桂花迷迷糊糊地睡着了。一觉醒来，桂花全身奇痒无比，痒得她头往墙上撞，在地上直打滚。一连痒了两天，她的身上不痒了，也不痛了。后来桂花发现身上的烂肉长出了新肉，掉落的头发和眉毛也开始长出新的毛发。少兴回来听说这件事后，十分欢喜。连忙问起原因，听说是喝酒喝好的。两人来到酒缸前，抹去灰尘，仔细一看，发现缸底有一条已经死掉的毒蛇。少兴明白了，桂花喝了毒蛇泡的酒，以毒攻毒，治好了病。

施家的酒能治麻风病！消息传出后，远远近近的人，有麻风病的与防麻风病的人都来买酒，桂花家乡的人得知情况也纷纷来购买。施家的生意一下子红火了起来，以至药酒供不应求。为避免买酒的人跑冤枉路，少兴贴出告示：初三、六、九卖酒。后来这个地方渐渐形成集市，每到农历的初三、六、九就逢集。这个集镇是因施家卖酒兴起的，名字就叫施家集。

讲述人：施金宝

搜集整理：汪宗文

珠龙由来

珠龙原名济川铺。明朝嘉靖四十四年（1565），滁州知州叶露新于济川铺河上建珠龙桥，地名遂改称“珠龙桥”。说起珠龙桥的由来，还有段传说故事。

相传元朝末年，朱元璋出世时，元朝的国师就算到：“新的朝代天子已经出世，大元江山将要不保。”于是元朝皇帝下旨捕杀出世婴儿。因为朱元璋是真龙天子，遇到危险都能躲过，哪能杀到他呢！但无辜被杀者不计其数。朱元璋十一岁时，元朝的国师又掐指算到新朝天子没有被杀掉，他某日中午将从滁州西北济川铺桥上通过。于是国师即令军队严把桥头，捉到新朝天子者重赏。元军头领问：“请国师明示，这个新朝天子是什么模样?”国师掐指一算说：“头戴绿色遮天帽，身穿连体大红袍，手拿一只乌金碗，胯下枣红马儿跑。”元军头领点点头，把国师讲的告诉守桥士兵。这天正中午，果然有一个十来岁小男孩往桥上走来。守桥军士见这小孩头顶一片绿荷叶，一头秃子似银碗，又腥又臭，光着的身上被太阳晒得发红，左手拿一只黑碗，右手拖一根枣树棍夹在胯下。守桥军士怎么看他也不像真龙天子，而是个地地道道的叫花子，就毫不犹豫地放他过了桥。过了一会儿，传令兵来问捉住朝廷要犯没有。守桥军士说：“没有，只有一个秃头要饭小孩从桥上路过。”国师忙问：“小孩什么模样？”军士如实说了一遍。国师气急败坏地说：“坏了，那就是新朝天子。”他即刻派兵追赶。过桥的要饭孩子正是朱元璋，他从桥上走过不一会，发现后面有追兵，便急忙躲进山崖后面藏身，脱离了险境。

后来朱元璋当了大明朝皇帝，当地人民为了纪念他曾路过这里，在滁州知州叶露新主持下，将原来几个木头搭的快倒塌的小桥，改建成能通车辆的大桥。这个桥叫什么名字呢？因为朱元璋姓朱，又是真龙天子，桥名为“朱龙桥”。有人认为朱龙桥的“朱”字有点俗气，朱元璋乃一朝之王，可将“朱”字左边加个“王”字，改为珍珠的“珠”字，于是桥名就叫“珠龙桥”了。随后这个地方也就叫珠龙桥，简称珠龙。

讲述人：许光毅

搜集整理：许明萍

大柳镇来历

大柳镇因大柳树驿站而得名。说起大柳树，还有一段朱元璋在这里避难的传说故事。

相传，元朝末年的国师算到新朝真龙天子，也就是朱元璋，已经十一二岁，到滁州地界过济川铺（现在的珠龙桥）时让他逃脱了。国师就便连忙命令元兵又四处寻找，为防止逮错，让真的新朝天子逃脱了，国师把他的模样画下来，悬赏捉拿。这一天，朱元璋讨饭讨到珠龙桥北边的一个村庄，管辖这一带的元兵头子，看看他的长相和年龄，与国师画的像差不多，就立即带着元兵来捉拿他。朱元璋正在讨饭吃，见元兵追来就没命地往前跑，跑到村头的小河边时，元军已从两边追来。他只得顺着小河跑，钻进河边的柳树林中。元兵又包围了柳树林。朱元璋继续往前跑，跑到一棵有两三个人才能合抱过来的大柳树下。这时元兵已进到柳树林里，情急之时，朱元璋对着大柳树说："大柳树呀，大柳树，长个树洞让我躲一躲吧。"朱元璋是金口玉言，他的话一落音，果然这棵大柳树根的上部现出一个洞，洞口有洗脸盆大小，钻到里面正好能蹲一个人。朱元璋钻到树洞中后，元兵快追到这棵大柳树跟前时，朱元璋又说："大柳树，大柳树，快用树皮把洞口遮挡起来吧。"他一说完，柳树皮又立刻从洞口四周长出来，把洞口遮挡得严丝合缝。

元兵在柳树林中四处寻找，凡是他们认为能够藏身的地方都找遍了，可就是没有发现朱元璋。下雨了，元兵个个淋得像落汤鸡，只得垂头丧气地回去了。朱元璋在树洞中睡了一觉，天快黑了，他听听外面没有动静，又从树皮缝中往外观察了一会，见元兵确实走了，他才走出树洞，对着树拜了两拜，离开了柳树林。

朱元璋躲过了这一劫难。几年后他投军造反，再后来做了大明朝的开国皇帝。传说，朱元璋在南京登基做皇帝后，不忘当年大柳树显灵相救之恩，封这棵大柳树为“神柳”，派人在大柳树上披红挂彩。

后来，滁州知州见这里是交通要道，便设立驿站，名为“大柳树”。这就是大柳树驿站的来历，大柳镇也因此得名。

六百多年过去了，朱元璋当年封的那棵大柳树，早已不存在了，但那棵老柳树的子子孙孙仍然在这里的河两边茂盛生长。

讲述人：王学华

整理人：汪功雹

黄泥集由来

黄泥岗镇政府所在地黄泥集，是南谯区东北部的一个较为繁荣的农村集镇。说起黄泥集的由来，也有段故事。

相传，古时候这里附近有座古城，这座古城不知什么原因被毁，也不知道毁于哪一年。古城毁掉后，有黄、路两姓氏人家在这一带居住。姓黄的家族住在现今黄泥集的南头，姓路的家族住在北头。这两姓原本都是生意人，在这里住下后，又开始做生意。一家开布庄，一家开粮食行，并兼营酒店、日杂、榨菜子油、芝麻油等生意。生意开张，要让远近乡邻们知道，于是两姓人家商量一番后，请来戏班子，搭起戏台唱戏。唱戏时间定为一个月，但不是天天唱，因为人们还要干别的事情。连唱三天过后，改为每隔三天两头唱一场，就是农历的初一、四、七，这三天唱戏。每到唱戏日，锣鼓一敲，人们就来了。唱戏的日子，乡亲们来看戏，又顺便做买卖生意。一个月下来，形成了习惯，每逢初一、四、七就来做买卖。所谓“约定成俗”，后来初一、四、七就成了黄泥集赶集的日子。

唱戏一个月以后，来买卖的人增多了，黄、路两姓的生意人也出了名。市场行情好，又吸引了一些与两家沾亲带故和周围的人到这里来建店铺、开作坊。这样渐渐地形成了集镇。这个集是因为黄、路两姓开头在这里做买卖兴起来的，集名就叫“黄路集”。

后来，因为这个集坐落在一条小山岗上，这个山岗到处是黄泥巴，当地人称为黄泥岗。黄泥岗的黄泥极为粘连，天阴下雨来赶集的人，满脚上都沾有黄泥巴。走路踩在黄泥巴上，稍不注意溅到身上都是黄泥浆，黄泥巴给人们的印象太深了，因而后来又渐渐叫成“黄泥集”。原来的黄泥公社、黄泥乡也因此而得名。1992 年，黄泥乡撤乡建镇，就以黄泥岗为镇名，这就是现在的黄泥岗镇名的由来。

讲述人：杜存金

搜集整理：汪宗文

大王郢传说

从前，这里有一户姓王的人家，家境虽不十分宽裕，但很爱积德行善。

有一年，王家门口来了一个瘦汉子，对当家的老板说："我给你家做帮工吧！"王老板看了看他说："你这样的身体能帮工吗？"汉子说："我就是因为能吃不能干，哪家都不要我，我听讲你的善名才来投奔你的。你要不肯收下，那我就没有活路了。"老板听了，就收他做了长工。

自从长工进了门，他果然是能吃不能干，而且还懒得出奇。人家成担地泡稻种，他却只能泡上一升。王老板心里想：你泡这一点稻种，我家这么多田看你怎么种法？还能一块田四个拐角栽一撮，中间栽一撮吗？哪知栽秧时，这个长工果真是这样栽的。邻家见了，都笑王老板瞎了眼，找这样的长工。王老板也又好气又好笑，只得自认倒霉。

秋后收割时，别的人家稻子用驴驮肩挑，而王家的长工只收一捆子，用棍子背了回来，还规规矩矩地铺了薄薄的一小块，地皮都盖不住。王老板看了也没有责怪他，心想：既然当初收了他，现在能怪哪个呢！半夜时候，王老板听见长工喊："老板，稻子打下来了，你去看看能收多少。"王老板听了好笑，暗自琢磨，他还好意思问能收多少，于是没好气地回长工一句，能收一百万担！长工说："那好，粮食堆场上，我可以下工了。"老板虽然心里有些报怨长工白白糟蹋了他一年田地，但听说他要回家，心里又过意不去，说："你到账房去，告诉管家，说我给你发全年的工钱。"

第二天一早，王老板被人吵醒，跑到稻场一看，场地上金灿灿的稻谷有好几堆，像几座小山。王老板简直不相信自己的眼睛，叫人一过斗，不多不少整整一百万担。王老板这时方才醒悟，长工原来是个神仙。从此王家兴旺不衰，人丁不断增多。人们就称这个村庄为大王郢。大王镇、大王街道因此得名。

讲述人：徐朝发

搜集整理：左孝鉴

龙蟠来历

龙蟠社管中心原是由陡岗村、花园村、陈桥村等几个行政村组建起来的。其中陡岗村有个生产队叫龙蟠岗生产队，龙蟠的名字由此而来。说起龙蟠，还有个传说故事。

相传很久以前，龙蟠岗一带长期干旱，庄稼缺水，老百姓吃水也困难，苦不堪言。有一天，有个神龙路过，见此情景非常同情此地老百姓，未及上报天庭就私自降雨，解除了这一带旱情。后来神龙私自降雨的事被天庭发现，玉皇大帝大发雷霆，用神鞭抽打它一顿后，又将此龙打下凡间，以示惩罚。

据说飞龙降雨时需口含龙珠，飞龙受到鞭打时，口中龙珠吐落在今龙蟠军民水库西侧，现军民水库西边有个元珠山，传说就是龙珠掉落的地方。

又传说，这条龙的龙头降落在军民水库西南边龙头山，龙尾落在水库西北边龙尾山。从龙头山至龙尾山，层层相叠，山山相扣，共计五个山头，名为龙鳞山，又称大尖山、二尖山、三尖山、四尖山、五尖山。这些山似龙鳞一样层层排列。龙蟠岗由此得名，龙蟠社管中心的名称也因此而来。

口述人：王发芝

搜集整理：吴　静

广武卫来历

传说，北宋时期杨家将在孟良山练兵。由于地处深山，交通不便，军马饮水困难，粮草运输不畅，经皇上钦点同意，他选择条件优越的地方修建练兵场。练兵将领来到一个叫广武的地方，这里地势平坦开阔，河水奔流，在此建练兵场条件极佳，方案上报朝廷，皇上应允后就在这里建立了练兵场。这个练兵场从宋朝延续到元朝，到了明朝，练兵场又重新扩大了，并设立军事机构“卫”，驻军 5000 多人，以前的练兵场也改为教场，这就是广武卫教场的来历。广武卫也因此而得名。明朝末年这里发生过一场大战，广武卫的位置变得更加重要起来。

那是明朝崇祯九年（1636），农民起义军领袖李自成率部一路征战南下，准备从淮南到滁州休整部队再战时，不巧遇到明朝兵部侍郎卢象升南下巡察广武卫教场。他闻讯李自成将路过这一带，随即在凤阳府召开军事会议，提前部署兵力，准备在广武卫迎战李自成部队。他在广武卫至珠龙桥到清流关一路埋下重兵，并在广武卫四周埋伏三千名弓箭手。

当李自成率兵一路征战来到广武卫时，见教场无一兵一卒。李自成以为明军吓得早已跑得无影无踪。就在他观察时，只听四周战鼓齐鸣，杀声震天，卢象升部下祖宽、罗岱率众兵直杀起义军阵地。由于起义军长途奔波，兵力疲惫、人困马乏，加之遭遇突然袭击，阵容大乱。起义军将领姚天动率部迎战，被卢象升三个回合劈死马下，起义军群龙无首，四散逃窜。李自成看到起义军阵营大乱，沉着应对率部奋力激战，从广武卫战到珠龙桥，又从珠龙桥战到清流关下，双方伤亡都很大，真是尸横遍野，填满沟渠，血水把珠龙桥下的河水都染红了。最后李自成率领起义军突出重围，避过清流关绕道从九天峰撤走了。

后来有公路从广武卫教场穿境而过，训练打靶射击极不安全，故整体搬迁，广武卫教场也就不复存在。但当地人民对广武卫的称呼仍未改变。为了称呼方便，渐渐地把广武卫的“武”字减掉了，简称广卫，也就是今天的珠龙镇广卫村村名的由来。

讲述人：许光毅

搜集整理：许明萍

姑塘传说

腰铺镇姑塘村前有口10余亩面积的大塘，名叫姑塘。村中还有一口小一些的塘叫杏塘，说起姑塘与杏塘名字的由来，有段传说故事。

很久很久以前，这里有个心眼好、勤劳能干、敬老爱幼又相貌出众的姑娘。人人都喜欢这姑娘，特别是有一个邻居小青年非常爱慕她，时常寻找机会与她说话，又常邀她一起去赶集逛街，大忙季节还主动帮她家干农活。

姑娘为人直率，性格刚强，因为家务事情与嫂子闹矛盾致使两人不和。有一天两人争吵时，嫂子以鸡骂狗，指桑骂槐，言语中隐射她与男青年交往不够贞洁。那个时候未出嫁的姑娘把贞洁看得比性命还重要，刚烈性子的小姑子哪能忍受这种无中生有的讥讽。为了证实自己清白，她拉着嫂子就要去跳塘。并说，我死后塘水若变清，说明我贞洁，你要为我披麻戴孝；若塘水不变清，说明被你说对了，也就算了。嫂子看到小姑子认起来真要去跳塘，后悔自己没有根据而乱说。嫂子心慌了，赶忙拉住她，姑娘正在气头上，嫂子用全身力量拉也没有拉住。小姑子挣脱嫂子的双手，飞快跑到村外大塘边，纵身跳入水里。嫂子连忙下到水中拉她，并拼命呼喊救人。乡邻们闻声赶来，姑娘已淹没在深水中了。人们一起下到塘中，在水里捞呀，捞呀，什么也没有捞到。一个时辰过去了，塘水变清了，姑娘的遗体也漂浮出水面……

从此以后，人们就把这口塘叫小姑子塘，后来简称为姑塘。这个村庄由塘得名，也就叫姑塘村了。

这个姑娘眼睛大大的像杏子，人们称她杏姑娘。杏姑娘平时在村中间淘米洗菜的那口塘，被称为杏塘。

讲述人：姑塘村老住户

搜集整理：汪宗文

珠龙北关村由来

珠龙镇有一个行政村叫北关村，位于关山脚下。这里交通便利，关山上的古清流关巍峨雄壮，是安徽省重点文物保护单位。该村为什么叫北关，这里有一段历史故事。

南唐时期，在关山设立关隘，此关因地属清流县故取名“清流关”。清流关横卧两山之间，犹如一条巨龙，横卧东西，有一夫当关万夫莫开之势。清流关是兵家必争之地，同时又是九省通衢的要道。

清流关以东，地势平缓，驿道宽阔，而清流关以西却山崖陡峭，乱石嶙峋，驿道只能供行人及骡马单行。如果关口以东的人马到关山西，那么关山西的人马到关山东只能在山下等待。由于清流关口是九省通衢的官道，过关人马众多，行至清流关下，人马拥堵，不能畅行，致使过往兵马有时贻误军机，商贾贸易贻误商机，过往行人贻误时机等。官府为了解决这一困难，于是拿出方案，在清流关以北的关山尾脉再设一个关卡，叫“北关”。从济川铺（今珠龙桥）修筑一条辅道，从北关关卡通往滁州，这样通往清流关一路拥堵的人马分流成两路，减轻清流关通道的压力。清流关官道只准军事兵马、粮草押运、官员公干和政要等通行，而济川铺至滁城经北关关卡的一条辅道让黎明百姓进城赶集，小商小贩驴驼担挑进城经商通行。此方案上报朝廷，得到皇上批准。于是一条通往北关关卡的辅道很快修成。设立的北关关卡也调来了兵丁维持秩序。后来随着交通的发展，民国时期修建了滁定公路，代替了清流关官道和北关关卡。两个关卡相继撤去镇守兵丁。因北关关卡无兵镇守，导致一些不良之徒在这里为非作歹、拦路抢劫，一时间土匪横行。原滁县抗日民主政府第一任县长蔡家璋曾组织队伍剿灭土匪，消除匪患，为民除害。

北关的关卡现已不复存在，但“北关”两字却一直被当地人民和政府沿用。民国时期设立北关保，新中国成立初期设北关乡，人民公社时期设北关大队，现在是北关村。北关这个名字，已在当地人们的心中扎下了根。

讲述人：许光毅

搜集整理：许明萍

白庙传奇

乌衣镇有个白庙村，村名为何叫“白庙”？笔者在搜集村名由来时，听说了两件既真实而又巧合的故事，给这个村增添了传奇色彩。

白庙村境内有座古寺庙，北宋仁宗皇佑元年（1049）开始兴建，神宗熙宁年间（1068—1077）赐额“寿圣”；南宋高宗绍兴年间（1131—1162）赐额“黄悦寺”。后来这个寺庙就以此后赐额的“黄悦寺”为庙名。黄悦寺在元朝末年毁于兵火，后来又重修或重建部分大殿，但之后均被毁掉，遗址在今白庙村黄悦寺村民组。因为宋朝皇帝赐过这个寺庙匾额，规模之大是可想而知的。当地老年人听上辈人说，庙的殿堂有上百间；还有的说庙有八进（幢）。庙宇毁掉后，人们渐渐不提黄悦寺，只讲有个八进上百间房子的寺庙。一代一代传下来，后来这里就称为“百庙”。现在的白庙村名系“百庙”的谐音，这就是“白庙”的来历。这个来历犹如腰铺镇境内的古薄阳城的“薄阳”二字，现已演变为“白洋”一样。

白庙原是一个乡，1963 年置白庙公社，1969 年并入乌衣公社，现在属乌衣镇。1955 年白庙乡有 13 个“自发社”（没有经过批准自发组织起来的农业生产合作社）被“勒令改组”，就地解散，退回到互助组。农民只得把刚入社的农具、耕牛拉回家。在改组过程中造成混乱，引起农业社干部和群众强烈不满。白庙乡被改组的农业社一般都停止多天生产。社员有的上街赶集闲逛，有的在家睡觉，正在兴修的塘坝也停了下来。当时的滁县县委农工部根据此情况写一份《农村工作》简报上报给滁县地委。正巧全椒县三圣乡也有5个“自发社”被解散。地委农工部根据滁县的《简报》，综合全椒情况，写了一篇《错误地解散十八个“自发社”的教训》，刊载在安徽省委主办的《农村工作通讯》上。同年，毛泽东主席主持编辑《中国农村的社会主义高潮》一书时，看到安徽省呈送的文章，老人家挥笔写下批评性按语：“这是胡乱解散合作社造成恶果的又一教训。在这里是‘勒令改组’，在浙江是‘坚决收缩’，都是一些干部在一种惊慌失措的情绪支配之下做出来的。我们希望这种错误不要重复了。”后来，在上级党委的重视和领导下，被改组的自发社得到了妥善处理。

宋朝皇帝赐匾额，中华人民共和国主席写按语，使白庙在中国有关史料上留下一笔。黄悦寺赐额《滁州市民族宗教志》有记载；毛泽东主席的按语，收录在《中国农村的社会主义高潮》书中。

讲述人：黄文华

收集整理：汪宗文

明张村由来

施集镇有个明张村，说起这个村子名称的由来，还与明代开国皇帝朱元璋有关呢。朱元璋一生具有传奇色彩，给后人留下许多传奇的故事，施集镇明张村就是其中的一个传说。

“明张”顾名思义“明是明代”“张是张姓”。话说朱元璋在南京登基做了皇帝，有一天他思前想后，经过多年的浴血奋战，建立了大明王朝，人民得以安居乐业。他心中时常牵挂在家乡的父老乡亲。他召来军师刘伯温，要他择个黄道吉日，又安排随从人员一起返乡。奇怪的是，这次返乡，他不准任何官员坐轿，一律骑马，他要亲眼看到沿途民众实情。一切准备就绪，这一天朱元璋亲自选定一匹白龙马。说到骑马朱元璋非常讲究，平常出征他的坐骑是黑马，理由是黑马代表凶猛、顽强。察访民情，商讨国事，他就骑白马，白马代表着清白、洁净，身无尘染。他骑着白龙马带领着部分官员和护卫，从南京渡长江，直奔江北，向凤阳方向驰去。

来到滁州黄圩，朱元璋看到了村民都在田间耕作，随即问刘伯温：“当初不是你说一箭之地就是朕的皇都，后来怎么改为金陵（南京）呢?”刘伯温答道：“皇上，你是天子，上天安排大鹏将射到黄圩的箭叼到金陵的。”朱元璋大笑道“原来是天命”。

他们边走边说到了滁州，忽然有一位随从跌倒在路边。朱元璋眼疾手快，立即将他扶起，仔细一看这位官员是跟随他十多年的一位战将，名叫张胜。张胜是滁州人，投奔朱元璋后，鞍前马后，南征北战。在刀光剑影的战场上，他曾用身体挡住强敌的刺杀，身负多处重伤，保护主帅朱元璋脱离险境，使朱元璋深受感动。张胜现已年过花甲，仍不离不弃跟随在朱元璋身旁。朱元璋看着这位身经百战的爱将深情地说："张爱卿你也是滁州人吧！是否想回家看看？"张胜回道："皇上，我哪有家啊。"朱元璋接着问道："爱卿可否想安个家？"张胜回道："皇上为臣安个家，是托皇上的洪福。"朱元璋站起身，向四周望了望，指着西方，对张胜说："爱卿，朕准你距滁州五十里地，赏地五百亩建个庄园安家，你看可否？"张胜听罢，急忙跪拜，连声说道："谢主隆恩！"接着张胜护送朱元璋到了凤阳，当张胜返回滁州时，朱元璋还赐了一些银两，并令滁州知州派人帮助张胜建立家园，张胜建的村庄因而叫"明张"。

讲述人：王光忠

搜集整理：计成圣

金山村传说

大柳镇原来有个金山村（现已合并到曲亭村），说起“金山”的名字，有一段传说。

从前，山下有个十二三岁的男孩叫小顺子。父亲已去世，母亲带着他和妹妹过日子。小顺子帮大户刘财主放羊，早晨日出赶着羊到山上放牧，傍晚日头落山回来，中午带点财主家的剩饭在山上吃。有一天小顺子正坐在一块大石板上吃饭，来了一个讨饭老人。老人一手拖着讨饭棍，一手拿着破碗。小顺子见老人可怜，就分一半饭给老人吃。第二天老人又来了，小顺子又分一半饭给他。以后老人经常来，每次来小顺子宁愿挨点饿，也要分食给老人。这年四月小顺子的母亲生病了，病得很重。小顺子要刘财主支点工钱，给母亲抓药治疗。刘财主双眼一瞪说：“还没有到半年呢！支什么钱?”小顺子不敢吭声，哭了半夜，第二天他照常去放羊。中午讨饭老人又来了，小顺子像往常一样分饭给他。边吃边与老人说起母亲生病之事，老人吃完饭，抹抹嘴说：“这山里有很多金子，我们坐的大石板就是放金子地方的大门，在正中午日头直照石板时，你用放羊鞭子往石板上敲，左边敲三下，右边敲三下，中间再敲三下，石门就打开了。这时看守金子的山神在睡觉，你进去拿块金子给你母亲治疗。”老人还说：“不要贪多，拿点就出来，不能惊动山神，不然你就出不来了。”老人说完就走了。不一会日头直照石板，小顺子按老人说的方法，果然敲开了山洞门。小顺子赶忙钻进山洞里，只见里面堆满了金银财宝，他随手拿一小块金子就出来了。晚上回到家里，他向母亲和妹妹讲述取金子的事，母亲摸着小顺子的头说：“外财不发命穷人，以后不要再去取金子了。”小顺子点点头。

第二天小顺子妹妹拿着金子到药店抓药。店老板怀疑，就问：“你家哪来的金子？”小顺子妹妹一五一十说出得到金子的过程。正说着刘财主有事情到药店，他听到这些话后赶忙回家与老婆商量从山里取金子之事。当天晚上，刘财主对小顺子说，你母亲生病，给你一天假在家侍候。第二天刘财主换上旧衣裳，头戴破草帽，赶着羊上山。快到中午时，讨饭老人来了，刘财主按照小顺子的做法分一半饭给老人，说自己是财主家长工，今天替小顺子放羊的。讨饭老人走后，刘财主等到正午太阳直照石板时，他用放羊鞭子敲石板，也把石门敲开了。刘财主立刻进去，把金子往裤子荷包里装，荷包装满了，又把上身穿的褂子脱下来，捡大块金子包在上身褂子里，背着往洞外走。由于他拿得太多，一块金子掉下来，惊动了山神。山神大吼一声：“你这个贪心不足的东西，今生休想出去！”话刚落音，轰的一声山门封起来了，从此再也没有开过，刘财主被关死在山洞里了。

从此以后人们就称这座山为金山，山下的村子也就叫金山村了。

讲述人：刘家明

搜集整理：汪宗文

大韩传说

施家集与小李集之间有个村庄叫大韩，说起大韩这个名字的由来，还有一个传说故事。

传说很久以前，村子里一位韩姓人家的大儿子，从小孝敬父母和长辈。母亲喜欢竹子，他就在屋后栽一片竹子，母亲头发乱了，他替母亲洗头梳头。他读书用功，又很聪明。这年秋天，他考中状元在京城为官。到了冬天，他念及年迈母亲的破烂住房难挡雨雪，就告假回来修缮房子。在家时每天晨起请安问候，夜宿洗漱伺候，不知不觉假期快到了。从家里到京城少说也要十来天左右，过期不到皇上要降罪。想到这里他夜里睡不着觉。朦胧中有位老人说："韩大人不必惊慌害怕，你家的北面竹林中有匹竹子神马，供你使用，去京城只要拉来马跷腿骑上，眼睛闭上，很快就到了。"韩状元问："你是何人，怎知有竹子神马?"老人说："我是竹神，被你的孝心感动，又念你修房子时不让工匠碰我的竹子竹孙，你栽竹子，又保护他们，经常给他们培土，干旱时还浇水，看你遇到急难怎么能不帮你?"状元醒来，半信半疑。他一边给母亲送饭送水，一边收拾行李准备上京城。第二天鸡叫后，他按照老人的说法，到竹林中手一招，果然来了一匹竹马，他骑上后，眼睛一闭，不一会就到了京城，销了假后去干公事。有了竹马，韩状元每天鸡叫出门，晚上回来侍候他的母亲。

母亲这段时间总是晚上看到儿子，白天却总是不见儿子，便问："儿啊，你白天到哪儿去了?""我上朝办事去了呀!""你是神呀！这么远的路你是怎么来回的?"儿子便对她说了真情实话。不料母亲不相信，她说："你吃皇粮要为民办事，怎能顾念我耽误公事呢?"儿子再解释母亲也不信，并说要看个究竟。儿子心想，母亲就是要个月亮也得依从呀！于是早起上朝时就娘俩一同骑竹马。由于母亲年龄大身子不灵活，骑时碰断了一个竹枝，使竹马少了一条腿，飞起来慢，早朝迟到了几个时辰。皇帝一见勃然大怒，要把状元推出去斩了，正要临刑时，忽然状元身旁长出许多竹子来，行刑官向皇上禀告。皇上纳闷："这是怎么一回事？既然长出竹子，那就问问竹子吧!"当皇上和满朝文武大臣知道状元迟到的原委时，大臣们夸赞韩状元："不仅满腹经纶，学富五车，还是一个大孝子。"皇帝也说，我朝以忠孝治天下，这样的孝子当免罪。于是皇上降旨："赦免无罪"。为使韩状元既能为国做事，又能孝敬母亲，就在京城赐他一所住宅。韩状元万分感谢，也把自家乡下的房屋送给没有房子住的两位贫穷老人。

由于韩家状元在这里居住过，这个村庄就叫大韩了，原来的大韩村也因此得名。

讲述人：韩奶奶

收集整理：韩献农

滑鼻山由来

滑鼻山位于南谯区西部章广镇与定远县界牌镇的交界处，是座孤零零的山，说起它的来历，有段传说故事。

相传上古时代，二郎神奉玉皇大帝旨意从西北挑山去填东海。有一次挑山路过此地，不慎绳索断了，将山滑落下来。一头落在腰铺，形成现在的二郎山；另一头落在章广西边，也就是现在的滑鼻山。

滑鼻山的传说有很多。在一片稀疏的松林中，可以看到一块巨大的石头——乌龟石。从侧面远看，它像一只巨大的乌龟，正向山上爬去。走近细看，巨石上有许多网状花纹，恰似乌龟壳。关于乌龟石，传说在很久以前，章广一带是一片低洼地，经常闹水灾。当地农民只要看见滑鼻山上的乌龟精往山上爬，那就预示着要发洪水，而且乌龟爬到哪里，洪水就淹到哪里。苦不堪言的庄稼人，对乌龟精恨之入骨，可又拿它没办法，只好天天烧香，祈求上天保佑。终于有一天，滑鼻山上风雨大作，电闪雷鸣，一道霹雳闪电将乌龟精击毙于半山腰上。山下太平了，有人猜测，滑鼻山的“滑鼻”是雷击乌龟精震的。

滑鼻山东面是悬崖，崖下有一个“仙人洞”，洞不大，名气却不小。相传张果老、吕洞宾等“八仙”路过此地，曾在洞中留宿。悬崖上有一桥，叫“百岁桥”，意思是谁能走过此桥，就能活到一百岁。到过滑鼻山的人，开始都信誓旦旦，决心要走过此桥，可真到了现场，无一不打退堂鼓。因为此桥两端似飞檐，伸展于绝壁之外，一端平坦，另一端呈六十度的斜坡，稍不注意，就会滑落崖下，非死即伤。所以没有一个人敢走百岁桥。

滑鼻山上的石头容易刻字，山顶上到处可见游人的刻字留念。有人说山石易刻是因为二郎神挑的土落下来变成的石头，当然容易刻字了。

讲述人：山下老人

搜集整理：沙扣年

大金山传说

相传很久很久以前，施家集东边有座山，因山体像狮子，被称为狮子山。后来又叫大金山，说来还有一段传说故事。

从前这个山脚下住着一对夫妻，生了五个儿子，家境贫寒，仅靠山脚下两亩薄田糊口度日。如遇到旱涝荒年，只有带着孩子们外出乞讨。年复一年劳作，老两口风烛残年，疾病缠身。有一天老父亲把五个儿子叫到病床前断断续续地说道："我恐怕活不长了，最近我经常做一个梦，梦见我家有一只金龟往狮子山顶上爬，时不时还发着金光……"孩子们认为是父亲病久了在说梦话，谁也没有在意。不久老父亲就与世长辞了，第二年老母亲也离开了人世。五兄弟将父母亲的后事料理好，为了生计，各奔东西外出谋生。

这一年过年，五兄弟都回来上坟，接着团聚，在吃年夜饭时，老大谈起老父亲临终前说的金乌龟往山上爬的事，这引起了兄弟们的兴趣，大家一致认为这乌龟可能就是一个宝贝，如果找到它，或许我们家就可能走大运、发大财。于是五兄弟商量一定要找到这件宝物。但又一想，这宝物在什么地方，谁也不知道。老二接着回忆说老父亲说过是从家里往山上爬的，我们就从家往山上找。于是五兄弟就从家里开始往山上找，找了一天什么都未找到，大伙有点泄气。这时候老大说："既是宝贝，那就有可能藏在山中，古代有过愚公移山的故事，老愚公有决心移山，我们就要有挖地三尺找宝藏的劲头。"于是五兄弟就开始起早摸黑的挖呀，挖呀！将这座山从下到上没放过一个死角，全部挖了一遍。结果仍然是什么都没找到，可是他们没有气馁。五兄弟在老大的带领下，找来很多树苗和树种，全部栽种在挖过的狮子山上。

五兄弟把树苗、树种种植到山上后，那树木因土地全被挖过，生长得很快，几年后就成了参天大树。五兄弟用山上的树木盖了新房，制作了新家具，而后又在山凹中筑起了水坝，在水坝里养了鱼，种了莲藕，生活也渐渐地好了起来。由于山上的树品质好，十里八乡都到这里采购树木。五兄弟又将采伐后的土地进行复垦，重新种植上了苗木，使山上的树木，取之不尽，用之不完。很快五兄弟就富了起来，各自娶妻生子再也不外出谋生了，并且生活越来越好。这时五兄弟恍然领悟了老父亲临终前的遗言，同时也明白了幸福生活是通过辛勤劳动获得的。

有一天，有一位诗人来此游玩，听了五兄弟的讲述后诗兴大发提笔写道："绿水青山路云间，鸟语花香赛神仙。君问此地是何处，施集有座大金山。"后来人们将狮子山称为"大金山"。

讲述人：王光忠

搜集整理：计成圣

孟良山由来

在珠龙镇的北部15里地与大柳镇毗邻的老山窝里有一座山叫孟良山，此山的由来还有一段传奇故事。

传说，当年宋朝杨六郎在北方与辽兵对战，由于前无粮草后无援军，导致部队损失惨重。杨六郎急忙向朝廷要求增派援兵，但因朝中奸臣挡道，扣押奏折，没有援兵前来助战，最后就连杨家的女将都上了战场。战斗失败后，杨家仍不忘报国，朝廷不来增兵，杨六郎便派手下心腹孟良到后方秘密寻找地点招兵练武，立志夺回丢失的国土。

由于招兵练兵不能惊动朝廷，又害怕奸臣在皇上面前说杨家坏话，孟良偷偷带招的兵来到离珠龙十几里地的老山窝练兵。此地山高林密，荒无人烟，远离官道，信息不畅。这里天高皇帝远，招兵买马不易惊动朝廷，是个练兵的好地方。当时的滁州知州与杨家关系密切，被杨家的精忠报国精神所感动，他就暗中支持杨家将在此练兵，并给予一定的帮助。孟良将招募的几千勇士在此严格训练，把这支部队训练成一支战无不胜的精兵强将。几年后，杨六郎见时机成熟，再次重整旗鼓，令孟良为先锋率兵收复失地。

在战斗中孟良招的兵士带头冲锋陷阵英勇杀敌，大败辽兵收回失地。

捷报奏章传到朝廷，皇帝大喜，褒奖杨家将。

杨六郎忠于君王不敢隐瞒皇上，说明招兵原委。皇上通情达理特赦无罪，赐予杨家“忠烈守节”金匾一块，又念孟良练兵有素、功不可没，把孟良屯兵练武的大山命名为孟良山。

讲述人：山中老人

收集整理：许光毅

腰铺白米山传说

在腰铺镇姑塘村有个山包，土是白色的，传说这山里面全是白花花的大米，搭救了许多穷人，后来因为老财主心太贪，大米又变回白土。

古时候这里住着一家丁姓母子俩，老母亲体弱多病，有一只眼因得病无钱医治而瞎。儿子，人称丁小二。母子俩没有田地，靠丁小二给财主家帮工维持家里生活。有一年，丁小二到清流河对岸老财主凡怀忠家帮工，凡家有千亩良田，耕地、栽秧、收割要雇许多贫苦农民做帮工。丁小二和帮工们起早贪黑地干活，只图能吃饱肚子，到年底结算一次工钱。凡怀忠为富不仁，长工干活稍慢一点，不是打，就是骂。丁小二为了能挣几个钱养活母亲，内心只有默默承受着各种苦难，心想干到年底，拿到工钱后，明年再换一个东家干活。由于凡怀忠对待长工过于刻薄，长工们私下里称他为“凡坏种”。

到了这年腊月二十三，长工们与财主结账回家过年，凡怀忠以各种理由扣长工们工钱，许多长工都拿不到一半工钱。待与丁小二结账时，他说丁小二耕田用的牛死了，是丁小二打死的，丁小二全年的工钱拿来赔头牛还不够，明年还要来替他再干一年活。丁小二据理力争说牛是病死的，财主家的家丁对他一顿毒打，并把他推出大门。还扬言说来年不来干活还债就报官府抓他。

穷人斗不过富人，丁小二又气又急，连夜往家赶，他记挂着几个月没见的老娘，不知老娘现在怎样。这一分钱工钱没拿到，他和老娘年关怎么过？丁小二走到一处小山包时，伤心过度，坐在山包上一棵树下失声痛哭，哭着哭着就睡着了。这时他做了一个梦，梦见一个白胡子老人，手中拿一个小鼓向他走来，并对他说："你不是没米回家过年吗，这山包里都是大米，你回家拿个口袋来，在你睡觉的旁边树下有个小洞，把口袋口对着小洞后，敲三下小鼓，洞里就会淌出大米，记住来取米时，不要动洞口，否则就不灵了，最好晚上来取，不要让恶人知道了。"白胡子老人还告诉他，取一把山包中的白土回去用清水化开，给老娘洗眼，你娘就能看见东西了。白胡子老人说完话丢下小鼓就闪身不见了。丁小二眼一睁，记起刚才那梦境，用手往身旁一摸，果真拾起一个小鼓，他拿起小鼓，随手在山包上抓一把白土，兴奋地往家赶。到家后，他喊了声娘，娘听出声音知道儿子回来后，娘儿俩抱头痛哭，老娘说："小二啊！你长时间不回来，我这一只眼也哭瞎了。"丁小二说："娘你等着，我打水给你洗把脸。"说完小二把土化在清水里给母亲洗眼睛，不一会儿，老娘惊喜地说："小二啊，我能看见你啦！"小二赶紧把梦中之事告诉母亲。老娘说这是仙人搭救穷人，你去试一下。丁小二带着小鼓，拿个布口袋往山包跑去，找到那颗大树，点亮蜡烛，终于在树根处发现一个有竹筒大的洞，小二敲了三下小鼓，不一会儿，洞里真有白米往外流，小二用口袋去接，口袋满了，米也就不流了。小二扎紧袋口，扛起那袋米往家赶。回家后娘儿俩十分高兴，赶紧淘米做饭，吃过饭后身上有劲了，丁小二接连又去取回两袋米。

老娘说，这年头穷人多，邻居张大妈家也揭不开锅了，你晚上去取几袋米，分别给他们送去。就这样，丁小二晚上来回从白米山往家中扛米，第二天就送给穷人家。有的穷人不肯要，小二说出了秘密，人们才收下。晚上，丁小二约上穷人到白米山取米。这一年新年，穷人们相比过去总算过了个肥年。

人多嘴杂，没有不透风的墙，这年正月十五刚过，官府的老爷知道了这件事，来到丁小二家，说那白土山是块瘦地，之所以没人要是无主之山，归官府所有，要丁小二交出小鼓，以后再不准去取大米。正说着老财主“凡坏种”也到了，说丁小二去年打死他家一头牛，要把小鼓交给他抵账。最后，官府老爷判决丁小二把小鼓交给官府，不追究过去所有穷人在白土山取米的责任，并免除凡怀忠家耕牛死之责，若凡财主想要小鼓和白土山，可以拿钱来买，七天后在县衙公开拍卖。

七天后，四方大小财主共有九个齐聚县衙，县老爷带着他们到白土山现场，让丁小二演示一番。只见丁小二在树洞下敲三下小鼓，白花花的大米就从洞口流淌出来，九个财主看得目瞪口呆。接了三口袋后，财主们齐声叫停，他们生怕把米淌光了。官府老爷通过丈量，认定白土山四至界线后宣布，这白土山的底价是水田五百亩，旱地一千亩，谁出价高归谁，九个财主轮番竞价，小财主们败下阵来，最后由大财主凡怀忠用九百九十亩水田置换这座白土山。凡怀忠到县衙签字画押后，县老爷把小鼓交给他。凡怀忠派家丁把持白土山洞口，第二天赶来骡马大车十几辆到白土山。他先是烧香跪下磕头后，手拿小鼓在洞口敲三下，洞口流出大米，家丁们用口袋去接，一袋又一袋往大车上送。凡怀忠手舞足蹈，哈哈大笑，高叫：“我又要发财啦！”一个时辰下来，才接了半车大米，这后面十几辆大车等着接货，要等到何时。凡怀忠命令家丁把洞口扒大，几个家丁轮番用铁锹挖洞口，洞口挖到有笆斗大。凡怀忠又拿小鼓敲三下，但不见大米流出来。原来丁小二当初没有讲出仙人告诉他洞口不能动的秘密。贪心不足，白土变米就失灵了。凡怀忠不见白米出来，用手往洞里抓，抓出来的都是白土，他急得使劲地捶打小鼓，直到鼓皮打破也不见白米。凡怀忠用头伸进洞里去乱抓，最后抓出来一个条幅，上面题有四句打油诗：“财大气粗凡怀忠，为人歹毒心太狠；洞口扒大神不佑，千亩良田去充公。”凡怀忠明白诗句意思后，在白山上一路狂奔，最后急疯了。后人据此叫这座山为白米山。

讲述人：陈明友

搜集整理：贲明广

盈福寺村来历

沙河镇原来有个盈福寺村，这个村的名字来自盈福寺。说起盈福寺，沙河集及邻近张八岭一带的很多老年人都知晓。

盈福寺始建于元代，原名“盈福祈福寺”。盈福寺庙宇初建时相当壮观。前后属于寺庙的房屋近一百间。当时有如来佛正殿、观音殿、娘娘殿等殿堂。寺内有八大金刚、十八罗汉等菩萨塑像。主事寺庙的和尚三至五人，还有杂役和其他和尚，最多也有十几个人。新中国成立初期不知何故，寺庙和尚相继走出外地，后无人经营管理，由于年久失修，原来较为壮观的庙宇变得破烂不堪。1955 年寺庙被拆掉。

盈福寺香火旺盛时，每年农历正月十五、十六均有一场热闹的庙会。当时四邻八里的乡民纷纷前来烧香祈福。有旱船、狮子灯、水驴灯、渔翁捉河蚌等表演节目，我本人在七八岁时曾观看过这些节目，确实很热闹。寺庙虽然不存在了，但它的名字留下来了，这也就是原盈福寺村村名的由来。2007 年盈福寺村并入草王村，但盈福寺的地名仍流传下来。

讲述人：张炳香

搜集整理：杨义荣

上马台传说

皇甫山西麓有一个名不见经传的小山村“上马台”，相传后周皇帝柴荣带兵攻打南唐大将皇甫晖防守的皇甫山时，见此处适合练兵，就在此地驻扎，村子中间有一块突起的岩石成了天然的弩台。

柴荣在上马台驻兵后恰逢梅雨天，天气阴冷潮湿，后周士兵因来自北方，很多人都生病了。皇甫晖在皇甫山居高把守，并把山的半中腰全部埋上了刺桩栅栏，柴荣久攻不下。不巧一天早晨村子东边的一座山倒掉了，其实是上马台村子东边的大尖山发生了泥石流，众人大惊。柴荣不安地问谋士赵普怎么办？赵普道：“臣久居江淮，现在正值梅雨天，几天后天气就会放晴。”果然，几天后伏天到了，天气干燥炎热，柴荣采纳了赵普的建议，找来一些公鸡，将公鸡身上倒上火油后点燃，公鸡直向皇甫晖军营飞去。皇甫晖军营随后便燃起了大火，南唐军队不战自溃直奔清流关而去。

后来人们把柴荣练兵的弩台叫做上马台。这一带土地肥沃，百姓纷纷到此地垦荒定居，便形成了现在的上马台村庄。章广镇皇甫村驻地也在上马台。

讲述人：当地老人

搜集整理：隋一刚

腰鼓庄来历

在黄泥岗镇万郢村的南端有一个村庄叫腰鼓庄，其实早年并不叫腰鼓庄，而是叫妖怪庄，传说这个村庄是因出现过怪物而得名。

很早以前，腰鼓庄上有一付姓大户人家，家有良田百亩，房舍几十余间，家中雇有十多名长工。有一年，一名长工睡在西厢房里，不知何故夜里被一种什么怪物咬伤。浑身红肿，茶水不进，找来郎中医治多日均不见好转，不久便死亡了。半年不到又有一名长工同样在西厢房里被怪物所伤，不治身亡。连续两名长工死亡，导致长工们纷纷离去，从此付家很难雇到长工了。自此，田地荒废、粮食减收，付家随之便逐渐破落，几十间房屋因长年缺乏维修，渐渐破烂不堪。

一天傍晚时分，庄上来了一位十六七岁的书生模样的年轻人，身上背着一个粗布包袱，由于天色渐黑，年轻人央求付家留宿一晚，付老爷子叹了口气对年轻人说，你最好到别处投宿吧！年轻人百般哀求："天气已晚，我一个外乡人此刻到何处落脚呀，望老人家行个方便吧！"付老汉说："年轻人，不是我不愿留你过夜，只因怕你在我家过夜不安全呀！"年轻人忙说："只要你老肯留我住宿，我不怕什么不安全，只不过夜里提防一点罢了。"付老汉见年轻人确实可怜，也就勉强答应下来。晚上还让那年轻人和家人一道吃了顿晚饭，并叫家人给他送去油灯和蒲草，最后还一再叮嘱年轻人夜里提防点。那年轻人一路劳累进了西厢房，放下包袱便在蒲草上睡着了。有人要问了，这年轻人姓啥，名谁，又因何而流落于此的呢？原来这位年轻书生姓王，名生，家中也是一大户人家。这王生是个独生子，平时有点娇惯，在私塾学堂读书，他不用心学习，就爱养些小动物，在他六岁时便开始养了一只蟾蜍，到了他十六岁时，这只蟾蜍已养了整整十年，蟾蜍也长到了五六斤重，像个脸盆那么大。由于王生把心思全放在养小动物身上，平时无心读书，父亲一气之下，把蟾蜍扔到河里了，晚上，王生便又偷偷地把蟾蜍捡了回来，并用一个粗布包裹装好，瞒着家人离家出走，因此才流落于此。

话说那王生昏昏沉沉睡到三更时分，就听见枕头边粗布包袱里的蟾蜍吭哧吭哧地直出粗气，整个身体鼓胀的就像一面鼓。王生再朝那东山墙窗口一看，有两道绿光好似电筒光一样直射王生，这时只见蟾蜍也同样放出两条红色光环，对着绿光，相互对射，时而红光后退、时而绿光退缩，就这样相持约半个时辰，红光和绿光均渐渐消失了，再看那王生早已吓得魂不附体，蜷缩成一团。等到天明，那付老汉担心王生遭遇不测，早早来到西厢房查看，只见西厢房墙根下有一条丈余长的大蛇，直挺挺地躺在地下，再看王生已经呆若木鸡，身旁的那只蟾蜍也硬梆梆的绝气而亡。王生清醒过来后，抱起蟾蜍放声大哭，付老汉安慰一番后，劝王生赶快回家，安心求学，并感谢王生给他家除了一大害。从此这个村庄太平无事，人们就称这个村庄为妖怪庄。那王生经历此一番教训，回心转意，回到家乡，专心攻读。据说，王生后来也考取功名，做了一名七品县官。后来妖怪庄上的村民，嫌“妖怪”难听，就改称为“腰鼓”庄了。

讲述人：樊兆祥

搜集整理：张国忠　刘莉莉

刘涧由来

腰铺镇刘涧村民组原来叫“留箭”，关于它的来历，传说它与大明朝皇帝朱元璋还有关呢！

朱元璋推翻元朝后，想在他的老家凤阳建都城。军师刘伯温说：“皇上是真龙天子，都城一定要选在九龙传珠之地，才能保你朱家江山千秋万代。”于是，朱元璋带着刘伯温一行到了凤阳，但是在凤阳找不到九龙传珠之宝地。刘伯温提议道：“天下第一数濠梁，天下第二数滁阳，宋朝欧阳修说滁州西南诸峰尤美，也许那里是九龙传珠之地。”

朱元璋就带着随从赶到滁州。朱元璋攀到滁城西南诸山的最高峰，站在高山上数山头，但他数来数去只有八座大山不够九座，不符九龙传珠之兆。朱元璋定都心切，滁州不行，他还要另选地方。他也不想把都城定在离家乡很远的地方，于是他着急地拔出腰间宝剑随手往地上一插。随后赶到的刘伯温见主子着急的样子，忙问主子有何烦恼，朱元璋说数了许多遍只有八座山，就是不够九座。刘伯温又数一遍，高兴地说：“我主万岁，此地正是九龙传珠之地，看来都城要定在滁阳了。”朱元璋又数一遍见还是八座山，问另一座山哪去了，刘伯温往脚下一指道：“另一座山被主人骑上了。”朱元璋一拍脑门和刘伯温相对哈哈大笑。

朱元璋选到了九龙传珠之地，高兴地将宝剑入鞘要下山。在他拔出剑时，刘伯温吃惊道："我主不好啦，这条龙被您的天龙宝剑刺伤了。"朱元璋一看，果见宝剑上有鲜红的血，刺剑的地方还在慢慢地出血。朱元璋忙问军师怎么办。刘伯温说："九龙中伤了一龙，若在滁阳定都，朱家江山将不能长久，这也许是天意要您不该在滁阳定都，既然是天意，那么就请我主向远方射出一箭，箭落何地，都城就选在哪里。"朱元璋知道刘伯温上通天文下通地理，于是就依他所说，取出一支箭，拉开金弓，准备放箭。朱元璋拉弓时，向四周看了看，他见西南方、西方、北方都是小山，自然不能建城，惟东南方一马平川，于是就朝东南方射去。一道金光向东南方飞行，山下早有快马追踪而去。后来骑马的人向朱元璋报告说："那支箭先是落在山下古薄阳城的东面，但刚落地就从天空飞来一只神鸟，衔着宝箭又向东南方慢慢飞去，我们一起跟踪过了长江，发现神鸟把箭丢在了紫金山下。"于是朱元璋就把大明王朝的都城定在紫金山下的南京城。

当年朱元璋站的那座最高山，被他的天龙宝剑刺伤后，那条龙急疯了，人们称它为疯山，就是现在的大丰山。薄阳城旁曾留下朱皇帝射的箭，人们称那地方叫"留箭"，这就是现在腰铺镇的刘涧地名的由来。因"箭"与"涧"，"留"与"刘"同音，谐音为"刘涧"。

讲述人：贲新平

搜集整理：贲明广

石嘴传说

在施集镇花山村有个村民组叫石嘴，进入这个村民组就看见一座小石山，仔细再看小石山形如一个动物的嘴。说起石嘴有个传说故事。

相传很久以前，石嘴这个地方并没有山，而是一片很宽阔的平地，原来叫牛家庄。庄上住着好几百户人家，大部分都是以种地为生的庄稼人。因住户多，在庄子正中自然形成了一条街。街上有卖粗布的，有开染坊的，有开糟坊的，也有打铁卖铁器的。在牛家庄生活的农民，虽不是十分富裕，倒也能吃饱穿暖，好比生活在世外桃源一般。

突然有一天，狂风大作，阴云挡住了天空中的太阳，村庄立刻陷入了昏暗，家家户户都门窗紧闭，做生意的急忙收摊歇业。只见狂风过后，在天空昏暗的时候，一条在村庄西面三百丈大山里的大蟒蛇成精了，它要牛家庄一天给它一头猪或一只羊吃。如果不照它说的做，它就要把这个村庄毁灭。这里的村民十分恐惧，只好按这条恶蟒的要求去做。时光过得真快，村里的猪啊羊啊全被恶蟒吃完了。恶蟒说："没有猪羊也行，每天给一个小孩吧。"牛家庄族长没有办法呀！只好派有小孩的人家去。族长发话后，家家户户天天哭声不断，传得很远很远。

牛家庄街西有一家铁匠铺，人们都叫"三牛铁匠铺"。为什么叫三牛铁匠铺呢？因为这家铁匠铺是牛家三兄弟开的。这兄弟三人人高马大，力气过人，更可贵的是他们为人正直，个个都有一颗善良的心。蟒蛇成精祸害百姓，这兄弟三人个个咬牙切齿，心里都在想一定要除掉这条恶蟒。

有一天晚饭时，大牛说："二弟，三弟，恶蟒要吃小孩了，家家哭声不断，我心里难受呀！我想除掉这条恶蟒，可我一个人的力量太小，二弟、三弟可愿意帮哥哥一把?"两个弟弟异口同声地说："愿意！就是死也不后悔!"当天夜里起，牛家铁匠铺总是传来打铁的声音，整整打了七天七夜。这是牛家三兄弟在打造一把千斤重而且锋利无比的钢叉。他们整整七天七夜没有合眼。第八天，恶蟒来了。大牛照准恶蟒的七寸大吼一声"扎"，三兄弟合力一下把钢叉插入恶蟒的七寸。恶蟒感到格外的疼痛，尾巴一扫，将三兄弟卷入了地下。可钢叉扎过大蟒的身体，深深扎入地下。恶蟒张开巨口再也无力作恶，久而久之就形成了像动物嘴的小石山，以后人们就把牛家庄称为"石嘴"了。

后人渐渐发现就在三兄弟合力举钢叉的地方，长出了一颗松柏，当时长出的松柏共三个枝。这棵大树就在现在的王洼村民组，也就在花山村部旁。

讲述人：王子琴

搜集整理：吴志平

王大朋庄传说

也不知道是哪年哪月，一个王姓的汉子因为家穷，带着妻儿和年迈的母亲，从关外逃荒来到滁州花山脚下的芝麻山下，搭个小窝棚住下，开荒种地。这个王老汉非常勤劳节俭，没过多少年，家中的日子逐渐有了好转。过了几年又来了一些逃荒的人在此落户，渐渐的人多起来，人们就把这儿叫做“王家庄”；王老汉平日里为人忠厚老实，谁家有个大事小事的他都乐意帮忙。他脾气好，连三岁的孩子都不得罪，故而老乡们都叫他“王老好”。久而久之人们也不知道他的真实姓名了，但只要提起王老好那是无人不知。

日复一日，年复一年，王老好成了远近闻名的大户，虽然他家有钱了，但和老百姓相处得还是那么的和谐。他一直深受大家的拥戴，村庄里有大事小事都去找他帮助。

一日天空乌云翻滚，电闪雷鸣，下起了瓢泼大雨，河水开始泛滥，许多农户家的田地被大水冲毁。这可把王老好忙坏了，他倡议大伙进行补救，把自家的种子、农具借给困难人家使用，还借钱给受灾农户，在王老好的帮助下，受灾农户很快恢复了元气。也就在此时，一只受伤的大鹏鸟落在芝麻山下，被村民发现了，并告诉了王老好。王老好赶紧找几个人，把这只大鹏鸟抬回家，找来医生给大鹏鸟医治，他亲自动手给大鹏鸟洗伤口、上药、熬制汤药，并一勺一勺地喂养，每日细心照料，没过多久这只大鹏鸟就能够站立了。这可把王老好乐坏了，他继续给它治疗，又过了一段时间，这只大鹏鸟能够扇动翅膀了，只见它在天空转了一圈飞回地面，对着王老好一家连连点头，而后吼叫一声，展翅翱翔，在村庄的上空盘旋一会，朝远方飞走了。

这只大鹏鸟飞走后，王老好心里很难受，只能在心里默默的思念。这只大鹏是一只有灵性的鸟，虽然不会说话，可它会感恩。说来也怪，每当王老好嘴里念叨这只大鹏鸟时，它就会飞回来看看王老好，在村庄上空盘旋，对着村庄大叫几声再飞走。遇上大旱年，王老汉嘴里念咕几句“这天要是能下场雨就好了”，过不了几天一定会下雨。如此几次，村上的人都说是大鹏鸟在帮忙，于是到村口对着大鹏鸟飞去的方向朝拜，王家庄从此风调雨顺没有受过灾，家家小日子过得很殷实，大姑娘都愿意嫁给王家庄的小伙子。

又过了不少年，王老好因年老体弱离开了人世，那只大鹏鸟也就很少来了，但是这里依然风调雨顺。人们过着平安的日子时，又常想起王老好和那只大鹏鸟，有人提议为了纪念王老好和大鹏鸟，就把王家庄改名为王大鹏庄。因“鹏”与“朋”同音，后来简写为“王大朋”，这个村庄名字一直延续到现在。

讲述人：王大爷

搜集整理：刘海燕

水银庄由来

大滁城建设中，许多老旧居民小区已不存在了，新小区如雨后春笋般拔地而起。老城区中的城中村数年间连成一片。在拆迁过程中有个安置小区保留了“水银庄”的地名。说起水银庄的来历有段传说故事。

元朝末年，农民起义风起云涌。朱元璋起兵后，凭借自己的英勇善战和广纳贤才，数年间力量壮大起来。当时居于巢湖一带的土匪凭借其长年在水上摸爬滚打、船多人众、善于水战的技能，称王称霸，当地民不聊生，官府也无可奈何。朱元璋为了扩大地盘、为民除害，亲自率大军征讨，他命令大将常玉春为先锋。常玉春用十艘战船将这伙水匪围困于巢湖边的一个山上，水匪弹尽粮绝向朱元璋投降。朱元璋考虑到下一步要征讨在洞庭湖的另一支起义军劲敌张士诚部，遂收编了这支水匪。朱元璋移师滁州，选择了滁城南三四里处一个视野开阔的高岗之地，这里四周池塘众多，土地肥美，离城又近。他将这支收编的水军，安营扎寨于此，日夜操练水上战法。大型水上训练移师高邮湖，小型训练就在近地水上。这样，他的队伍越来越壮大，最后凭借这支队伍在洞庭湖与张士诚决战一举取胜，奠定了大明王朝基业。

朱元璋水军在滁州安营扎寨和训练的地方称为“水营庄”。几百年来由于口误，将“营”谐音为“银”，“水营庄”写成了“水银庄”，这就是水银庄名称的由来。

讲述人：当地老人

搜集整理：范学明

夏郢与侯郢传说

黄泥岗镇张浦郢之东的柱子山西南一里处的山坳，有一个小郢方子（村庄），背依柱子山，门前有一条小溪，是一个风景秀丽、依山傍水的好地方。张浦郢之北两里处，同样有一个小山坳，背依杏山，门前是张浦郢上游河涧，同样依山傍水，是美丽的宜居山村。这两个小郢方子居住着“夏侯”姓氏族人。人们为了区分这两个小郢方子，便将前者称为“夏郢”，后者称为“侯郢”。传说这两个小郢方子的夏侯氏是三国名将夏侯渊家族的后人。

夏侯渊有一族弟，英年早逝，留一独生女，夏侯渊得知，便收为养女。此女面容姣好，聪明伶俐，深得夏侯渊喜爱。夏侯渊是曹操的族弟（传说曹操是曹家从夏侯家过继过去的），曹操起兵后，穷苦的夏侯渊就加入了曹军，成为曹操手下的一员战将。夏侯渊全家也就跟随他征战南北。

东汉初年，袁术与刘备争夺徐州，刘备派张飞守下邳国。当时下邳国区域范围相当大，听说边界靠近张浦郢。

再说夏侯渊收养的侄女，在十五六岁时，被张飞在战败逃亡的路上遇见，张飞见此女，长得成熟美丽，举止文雅大方，不像是寻常百姓家的女子，于是将其掳走，强占为妻。夏侯渊的侄女虽然不愿意，但生米已煮成熟饭，也只好从了张飞。张飞见她美丽又有才，十分喜爱，于是对她呵护备至，并许下一生只爱她一人的誓言。几年后，她十月怀胎，将近临盆，要求张飞就地驻军，待她生下孩子后再走。她生过孩子后，张飞夫妇开拔走了，她的部分族人仍然在此居住。

多年后，居住在张浦郢周边的夏侯氏后人越来越多，“夏侯”这个复姓，便演变为“夏”“侯”两个单姓。两个小村庄就以姓得名，也就是夏郢与侯郢地名的来历。

讲述人：徐英林

搜集整理：刘莉莉

曹庄来历

施集镇李集村大高村民组东面有个小自然庄叫曹庄。传说很久以前，有个贩运牛马的生意人赶着牲口经过此地。这群牛马见到嫩绿、茂盛的青草就停步不前，怎么赶都赶不走。生意人想牛马既然不愿走，等它们吃饱后总愿意走了吧！他索性搭起简易帐篷准备住上一晚。因旅途劳累，这一觉睡到第二天日出东山。生意人醒来看到牛马吃饱喝足躺在草地上养神，于是收拾行装驱赶牛马准备上路。可牛马还是只顾着吃草，根本没有要走的意思，怎么赶都不走。生意人很无奈，看看此处三面环山，一面邻水，适合放牧，叹了口气说："天意呀！"他决定不走了，就在此地开荒种地养牛马。

后来经常有人从这里路过，对这个牛马成群、草丰水沃的地方也很青睐。他因缘分结识了一位曹氏姑娘，并与其成亲生子。

生意人感谢这里的草把他的牲口养得膘肥体壮，就把这里称为"草庄"。婚后曹氏善解人意、勤俭持家，夫妻俩相敬如宾，家庭和睦。生意人感激曹氏给他带来的这一切，又将这里改称曹庄。现在这小自然庄还在，这就是曹庄的由来。

讲述人：刘守成

搜集整理：计成圣

双洪公园由来

南谯政务新区坐落在乌衣镇境内。紧靠政务新区南边有一个公园，名为双洪生态文化公园，简称双洪公园。为何叫“双洪”？其由来是沿用公园中间双洪水库的名字。说起双洪水库，这里发生过一段真实故事。

双洪水库是1975年修建的。那年6月下旬、8月中旬，当地两次降暴雨，尤其是第一次大暴雨，使水库下边的乌衣老街几乎全部被淹。现在副县建制的乌衣镇是1984年建立的，当时叫乌衣公社。下暴雨发洪水时，乌衣公社的袁庄大队和与袁庄相邻的四桥大队（已与袁庄合并）均受洪涝灾害。笔者是当时滁县驻乌衣公社袁庄大队农业学大寨工作队队员，暴雨过后，曾几次和社队干部一起到田头查看袁庄大队受水灾情况。其受灾情景至今记忆犹新：双洪公园上边的小山坡，叫狼洞山，山坡下是袁庄大队的一片稻田。暴雨时，狼洞山流下来的洪水穿过稻田，漫过田埂，不仅使田里施过化肥的水漫漶，而且使很多稻棵倒伏，灾情确实严重。大水过后，水稻白叶枯病大暴发，尽管采取药物防治与增施肥料等措施，秋后粮食仍然减产。四桥大队部分农田也同样受灾。

这年秋后，乌衣公社党委决定：袁庄大队与四桥大队联合起来在狼洞山下修水库，目的是拦住洪水避免从田里流过，同时也蓄水灌溉农田。工程开工后，公社党委又调其他大队来支援，经过一冬春奋战，水库主体工程基本完工。这个水库叫什么名字呢？经商议决定水库名字叫“双洪”水库，取自建好水库后，袁庄、四桥这两个大队今后双双免受洪涝灾害之意。水库修好后，确实使下面农田受益，这就是双洪水库的由来。

2008 年南谯区决定在政务新区南边以双洪水库为中心兴建一个生态文化公园，建设者就用双洪水库的名字，取名“双洪公园”。这就是双洪公园名称的由来。

讲述人：史家传

搜集整理：汪宗文

北石由来

章广镇孟洼村有个北石村民组。说起北石，还有一个传奇故事。

相传很久以前，江西有个石氏大商户，主要经营商道覆盖江西至徽州，可以称得上是半个徽商。有一次石大兵和石大银兄弟两人带着江西特产经婺源县前往徽州其他地方路过此地，在路边一块石头地上休息，由于旅途劳累，兄弟两人酣然入睡，很快就进入梦境。兄弟两人都梦到在此地安家定居，娶妻生子，购置田地，繁衍生息。醒来后，兄弟两人相互对视，说出自己的梦境，站起来准备继续赶路时忽然醒悟过来，这是天意。兄弟两人回家后将此情景告诉父亲和族长，经族人商议由兄弟两人带着银两到此安居。从此这里就成为石氏家人和商人的驿站，很快石氏村庄就热闹起来。后来兄弟两人都娶妻生子，十年后，兄弟两人各自生了五个儿子，称为大五房和小五房。又过了十年，为了石氏子孙生活有保障，兄弟两人买了500亩田地，每个儿子分得50亩。与此同时，大五房将三个儿子安置到东南方向4里的地方，称为大石；小五房的两个儿子安置到东南方向2里的地方，称为小石。大五房留下2房，小五房留下3房，老村庄在北边，故称北石，一直沿袭至今。

搜集整理：刘义友

刘少奇在南谯的革命活动

抗日战争期间，刘少奇曾在原滁县（今南谯区）瓦屋薛居住过。他在这里干革命的故事一直在流传。

刘少奇住的是两间普通的旧式小瓦屋，长2丈，宽1.2丈。灰砖砌的墙，木板条椽子，小瓦铺盖，屋脊也是小瓦扎起来的。这两间房屋由于年久失修已倒塌，1992年原皇甫乡拨款翻盖，又恢复了原样。2003年由滁州市文管所维修，并作为文物加以保护。刘少奇用过的桌、凳、床、马灯等东西仍摆放在小屋里。小屋里还陈列着刘少奇任中共中央中原局书记时的照片以及他在皖东的工作照，同时陈列的还有新四军江北指挥部暨四支队、五支队组织序列名录。

据当地老年人回忆和有关文献记载，刘少奇是1939年11月下旬在徐海东陪同下到达这里的。他时任中共中央中原局书记，对外化名胡服。徐海东任新四军江北指挥部副指挥兼四支队司令员（司令部在瓦屋薛附近的太平集）。刘少奇到达瓦屋薛后，中共苏皖省委和新四军江北指挥部在省委驻地瓦屋薛召开欢迎大会，欢迎刘少奇、徐海东。出席会议的有新四军江北指挥部指挥张云逸、政治部主任邓子恢等人。刘少奇在会上讲了话。当地老人回忆说，刘少奇住在小屋里，白天很少看到他，小屋夜里经常通宵亮着灯。刘少奇到达后不久，在张云逸陪同下到滁县皇甫山东北边的曲亭地区视察，调查了解民众抗日情况，向抗日游击队干部作指示。12 月中旬，刘少奇在瓦屋薛召开中原局第一次会议，传达贯彻中共中央六届六中全会精神及巩固华北、发展华中的战略方针。讨论了发展华中的战略部署和江北新四军发展方向，确定了放手发动群众、发展人民武装，建立抗日根据地的基本方针。刘少奇还语重心长地说，革命要有个“家”，这个“家”就是根据地。中原局会议后，刘少奇又在瓦屋薛的庙山洼召开军政干部大会。参加会议的有：新四军江北指挥部与四支队、五支队团以上干部，苏皖省委、藕塘中心区及章广地区的党政军干部。

庙山洼在村庄西北，从小屋出来到庙山洼，路边有口井。刘少奇在井边散过步，还照过相。庙山洼三面是山坡，中间的洼地较平坦，有十几亩面积大小。北边坡有一个背靠岩石的土台子，1 丈多长，6 尺多宽，是当年刘少奇作报告的讲台。瓦屋薛在革命老区皇甫山下，四周群山环绕，离当时有“小莫斯科”之称的定远县藕塘 10 余里。他所住房屋的主人薛宗元是早期共产党员，在当地从事抗日工作，所以刘少奇选择在这里居住。刘少奇住在瓦屋薛的时间大概是 1939 年 11 月下旬到 1940 年春。

瓦屋薛曾是皖东抗日指挥部所在地。刘少奇在这里召开的中原局第一次会议，有力地推动了革命事业的发展。会后，地方各级民主政权纷纷诞生，农抗会、妇抗会、青抗会相继建立。同年 12 月下旬，中原局与刘少奇决定，由徐海东指挥周家岗反“扫荡”战斗，经过三天多激战，打败合围周家岗的日伪军。击毙、打伤、俘虏日伪军 160 多人。其中活捉一个日军小队长，击毙一个叫毛高千穗的日军指挥官，粉碎了日寇向皖东地区的第一次大“扫荡”，巩固了津浦路西根据地。同年 12 月底，刘少奇参加章广地区党员大会（党员 70 多人），他指示：要继续发展党组织，注意提高党员素质；要迅速建立抗日民主政权；要搞好减租减息。1940 年 2 月，刘少奇在徐海东驻地太平集，参加纪念“二七惨案”的群众大会，并讲了话。

刘少奇到瓦屋薛以后，原滁县的党组织、政权建设与抗日武装均迅速发展。1940 年 2 月上旬，中共章广区委和民运组织领导后备队，解除了国民党顽固派滁四区区署武装，活捉顽区长李锡堂。接着建立常山乡和曲亭乡抗日民主政府。2 月 18 日，建立滁四区（章广区）抗日民主政府，薛宗元任区长。2 月下旬，滁县县委在施家集建立。4 月 20 日滁县抗日民主政府在施家集成立，蔡家璋任县长，刘宏为县委书记（对外称政委）。

刘少奇在滁县的革命活动已载入史册，瓦屋薛以及他住过的两间平常的房屋已成为南谯区爱国主义教育基地。

根据有关资料和老年人讲述　编撰

搜集整理：汪宗文

山村里的苏皖省委

南谯区章广镇有一个叫瓦屋薛的小山村，这里曾是中共苏皖省委的驻地。

中共苏皖省委是在抗日战争的艰难岁月里建立的。她的前身是中共皖东工作委员会。1939 年 4 月下旬，中共中央中原局从淮河以南苏皖地区的实际情况出发，决定撤销中共皖东工委，成立中共苏皖省委。苏皖省委由刘顺元等 8 人组成，刘顺元任书记。省委先后下辖定凤、合肥、和江 3 个中心县委，巢县、和含全、全椒、寿县、藕塘中心区 5 个县委，合肥、津浦路东、天长、定凤 4 个工委，全椒县周家岗、滁县珠龙桥两个直属区委。主要活动在淮河以南皖东津浦铁路两侧与淮南铁路以东、巢湖以北的广大地区。

在省委领导下，各地发动群众积极参军参战，同时还广泛开展统一战线、减租减息工作。组织建立地方农抗会、妇抗会、青抗会和儿童团。巩固迅猛发展的大好形势，充分调动广大民众参军参战、保卫家园的积极性。根据地内 18—40 岁的男女都参加了民兵，正规军也发展迅速。1939 年 5 月，新四军军长叶挺到达江北，组建新四军江北指挥部，统一了江北敌后游击战争的军事领导。在新四军四支队的基础上，又先后组建了五支队、东进支队。这些抗日武装的建立，有力地打击了日、伪、顽势力，以藕塘为中心的路西根据地得以稳固发展。

中共苏皖省委成立后，随即又建立了以李世农为书记的津浦路东工作委员会，协同新四军进入路东地区，发动群众，开展游击战争，并帮助各县建立党的组织和抗日民主政权，逐步形成了以来安县半塔为中心的路东抗日根据地。

1939 年 11 月，刘少奇到达瓦屋薛后，苏皖省委的工作又进一步开创了新局面。

1940 年 1 月，为了更好地领导皖东津浦路东、路西地区的对敌斗争，根据发展变化的新形势，中共中央中原局决定撤销中共苏皖省委，以淮河以南津浦铁路为界，分别建立中共皖东津浦路东、路西两个省委。后又改为路东、路西区委与路东、路西地委。

中共苏皖省委从成立到撤销仅 9 个月，虽然时间不长，但对皖东抗日根据地的创建与发展、对抗日民主政权的建立作出了巨大贡献。位于章广镇瓦屋薛的遗址已被列为滁州市重点文物保护单位和爱国主义教育基地。

根据有关资料和知情人讲述编撰

搜集整理：史志文

第一次反“扫荡”

1939年11月，新四军江北指挥部副指挥兼四支队司令员徐海东到达滁县太平集四支队司令部，在这里他指挥了皖东第一次反“扫荡”战斗。

战斗发生在12月中旬，侵华日军第六师团长谷寿夫调动明光、蚌埠一线的日伪军2000多人，进入滁县城、沙河集、全椒等地，对皖东津浦路西根据地进行第一次大“扫荡”。驻地在滁县瓦屋薛的中共中央中原局决定由徐海东指挥这次反“扫荡”战斗。经过敌情分析和认真研究，徐海东制定了一个“引敌上钩，伏击歼灭”的作战计划。他率领四支队七、九两个团的2000多官兵在周家岗地区粉碎敌人的“扫荡”，作战后勤保障机构设在滁县常山岭一带。

周家岗位于全椒县西北部，是全椒与滁县的交界处。四周山峦起伏，道路蜿蜒曲折，易守难攻，又便于隐蔽。12月18日夜里，徐海东把四支队主力悄悄埋伏在周家岗一带。19日白天，他有意暴露驻周家岗一带的部分守军。狡猾的日寇一心想和新四军决战，却没有料到新四军已布下了天罗地网。他们一发现周家岗一带的我军部队就立即出动。19日夜里，驻全椒日伪军700多人，一路经东王集向大马厂进发；另一路300多人，由石沛桥、枣林集直奔周家岗。驻滁县城的日伪军400多人，也分两路出发。

一路从珠龙桥走大路进犯施家集，一路从十五里大桥和官庄小路出发，企图合击周家岗。徐海东得知敌人行动，心中暗自高兴。命令大马厂、施家集守军佯败，把敌人引进周家岗伏击圈。敌人果真上当，21日凌晨，敌军全部进入我军伏击圈的射程之内。“砰！砰！”两声枪响，我军发出战斗信号。刹那间，枪炮齐鸣，喊杀声震天。四支队战士个个奋不顾身，从树丛中、掩体中冲杀出来。敌人几次冲锋均被我军打退，周家岗一带枪声隆隆，硝烟弥漫。经过三天两夜的激烈战斗，进入周家岗的日伪军被打垮了。击毙、打伤、俘虏日伪军160多人，其中活捉一个日军小队长，击毙一个叫毛高千穗的日军指挥官。侥幸没有死伤的敌人见势不妙，掉头拼命逃跑。进驻沙河集的日寇300多人，见进犯周家岗遭到惨败，也逃回蚌埠龟缩起来。徐海东指挥我部队勇猛追击，很快收复了东王集、复兴集、古河等10多个乡镇，粉碎了日寇向皖东的第一次大“扫荡”，巩固了皖东抗日根据地。

这次战斗缴获敌人枪支100多条，步枪子弹19箱，机枪子弹300余发，还有一批其他军用物资。我军也有一些伤亡，牺牲的战士被掩埋在滁县常山乡得胜汪村南面的小山坡上。

根据有关资料和王先才口述编撰

搜集整理：孙怀发

救友军的庙山战斗

腰铺庙山战斗是新四军进入滁县抗日的第一仗。这一仗不仅打败了日伪军，还救出了被敌人包围的友军（滁县常备队，那时是国共合作抗日期间），战斗的胜利提高了新四军的威望，也达到了团结抗日的目的。

1937 年 12 月 18 日，滁县县城被日寇占领。紧接着日军又占据津浦铁路沿线，并不断扩大侵略范围。为抗击日本侵略者，1938 年 8 月新四军挺进皖东，9 月在滁县、全椒一带开展抗日活动。1939 年 7 月下旬，驻滁县的日军山井大队一个中队及部分伪军（绥靖队），侵犯滁县南腰铺一带，企图“绥靖”游击区域，巩固其后方。7 月 31 日晚上，两个日寇士兵在腰铺据点里的 3 个伪军带领下，窜至庙山乡（已并入腰铺镇）张二房村企图蹂躏妇女，抢劫财物。村民们奋起反抗，男女老少拿刀举棍与敌人拼命，打死 1 个鬼子与 1 个伪军。日军以为是国民政府的滁县常备队干的。8 月 2 日，敌人采取报复行动，出兵三路，扬言要消灭滁县常备队，血洗张二房。

敌人出动的第一路日伪军有 300 多人，带小钢炮和重机枪，由滁县县城出发，向张二房进犯；第二路由腰铺据点的伪军 30 多人直抵张二房；第三路日伪军 200 多人，由全椒县城出发直奔张二房。日军指挥官命令各路部队均在夜间行动，拂晓以前到达张二房附近，并形成包围之势，一举消灭滁县常备队。

在庙山一带活动的新四军四支队九团三营侦察班，晚上捕捉到腰铺据点里的1个伪军小头目，得知敌人行动情况。为了团结抗日，新四军九团三营立即与在张二房一带的滁县常备队取得联系。经商定，决定采取“反包围”战术，即新四军从外部包围敌人，常备队从里面出击，里外夹攻打击敌人，并连夜做好战斗部署。新四军三营命令一连带轻机枪1挺，在张二房西南侧高地隐蔽，主要任务是打击全椒来犯之敌；二连、四连带轻机枪2挺，在庙山高地北端构筑工事，打击滁县县城里出动之敌；三连占据东南的张黄庄一带，以一排迎击腰铺据点伪军，同时让二、三排作预备队。各连均构成猛烈的火力网，包围进犯张二房之敌的外围。滁县常备队根据作战计划也在夜里行动，占据张二房附近全部有利地势。

8月3日拂晓前，各路来犯之敌陆续到达张二房一带。日伪军部署尚未完毕，就被我军哨兵发现。新四军旋即展开包围之势，向各路之敌出击。日伪军气势汹汹与我军激战。战斗打响后，在张二房的滁县常备队100多名战士从里攻击，使敌人前后挨打。6点多钟我军发起强攻，敌人在里外夹攻下，渐渐支持不住。

滁县县城出动的日伪军被打退到张二房东北端的一个山头。我占据庙山高地的二连立即包抄过去与敌近战，我军士气高涨，炮火猛烈，敌人抵挡不住向滁县城方向逃跑，新四军乘胜追击好几里路才收兵。

第二路敌人，即腰铺据点出动的日伪军30多人，开始时还狐假虎威，仗着鬼子的势力，与新四军对打。后来见到滁县县城出动的日伪军败退，也慌忙夹着尾巴逃跑。我战士奉命追击，一直追到腰铺据点。伪军急忙钻进老窝，凭借工事顽抗抵抗。我军一阵猛攻，把敌人包围起来。战士们高喊：“缴枪不杀！新四军优待俘虏！”伪军走投无路，纷纷放下武器投降。我军乘势炸毁了日伪军的铁丝网、碉堡等设施，拔除了腰铺的敌人据点。

与此同时，新四军一连也与全椒县城出动的敌人交起火来。这一路日伪军进入张二房附近即被我军一连咬住。敌人一开始不知道已经被新四军反包围，按照他们的如意算盘，当即向张二房发动进攻。我新四军战士立即从敌人的背后开火。这时在张二房村庄里的滁县常备队战士在刘连长带领下，已在一个制高点埋伏起来。新四军与日伪军打起来后，刘连长即带领战士们冲下制高点杀向敌人。日伪军受到前后夹攻，很快就混乱起来，并向西南败退。

经过4个多小时激战，庙山反包围战斗大获全胜。据新四军四支队九团《庙山战斗详报》记载：击毙日伪军50多人（内有日寇军官3名），缴获一批军用物资。日军逃到八字桥时，把抬不走且无法救治的几个重伤兵用火焚烧，把3个受重伤死亡的小军官，用马刀截成两段包裹起来，由士兵各背一段逃跑。日军还用大麻袋抬运伤兵，企图迷惑老百姓，以为是抬运物品。由此可见日本鬼子的残忍。

这一战，新四军救出了滁县常备队，解除了庙山乡一带老百姓受日伪军蹂躏的苦难，振奋了滁县军民抗日斗争精神，也团结了友军。战后，滁县常备队送粮食、猪肉等慰问新四军。

根据《庙山战斗详报》和老人讲述编撰

搜集整理：史志文

沙河集伏击鬼子

1939年，抗日战争进入第三个年头，滁县地区的抗日军民面临十分艰难的局面。当时滁县城的日本鬼子不断地向津浦路西根据地“扫荡”“清乡”，消极抗战、积极反共的国民党顽固派部队也经常与我军制造摩擦。我军坚持抗日的新四军指战员处于非常困难的境地。他们战斗频繁，寒冬季节战士们仍然身穿单衣，脚穿草鞋，被老乡们叫做“草鞋队”。就是在这样恶劣的条件下，新四军指战员仍然活动在滁县地区，不断地给日本鬼子以沉重地打击。8月13日，是上海“八一三”抗战两周年。为了鼓舞民众士气，动员民众坚持抗战，我新四军老八团决定打一仗，以纪念这个日子。

当时，津浦线是日军侵华的主要铁路干线。鬼子在沿线驻有重兵防守，并不断派出巡路小分队。在张八岭到沙河集这一段铁路，每天早晨都有一小队鬼子出来查路。根据这一情报，我军决定在张八岭和沙河集之间伏袭这股鬼子。这一任务就交给了一营一连，由二连配合。一连是新四军八团的一个主力连队，全连有指战员一百三十余人，武器装备比较好，一排装备全部是缴获来的日本三八式步枪，二排的装备是中正式步枪，三排的装备是汉阳造枪，全连还有三挺轻机枪。

这天夜里，一连从黄泥岗独山南面的一个小村庄悄悄整队出发，经过一阵急行军，在十点钟左右越过津浦铁路，在铁路西侧离沙河集二里多的地方埋伏下来，二连则埋伏在铁路东侧。

第二天早晨，太阳刚刚出山，一个小队的鬼子从张八岭出发，约有二十余人，携带一挺轻机枪、一个掷弹筒，以及十来支步枪。鬼子渐渐靠近了，眼看就要进入伏击圈，不料，埋伏在路东的二连被敌人发现了。鬼子立即一边向二连开枪射击，一边向路西射击。这时，敌人离一连的埋伏地点已经很近了，只有二三百米，只听指挥员一声令下："打!"轻机枪、步枪一齐射向鬼子，一个小队的鬼子当场被消灭了一半，剩下的鬼子慌忙卧倒，就地进行顽抗。

这时在沙河集的鬼子听见枪声，立即出动增援，并向滁城的鬼子告急。九点钟左右，大批的鬼子和伪军从滁城方向赶来增援，并出动了装甲车。明光的敌人也同时赶来，根据枪声判断，敌人知道我军的主力在铁路西，所以集中火力向一连阵地进攻。南面的敌人开始向我侧翼迂回，企图切断我军退路。正在此时，连指导员冯村中弹负伤，形势开始对我军不利。在敌众我寡的情况下，连长和指导员当机立断，命令副连长林治国和一排长丁世金率领一排担任掩护，二、三排先行向盈福寺方向撤退（铁路东边的二连在战斗打响后不久已撤离）。敌人的枪声越来越紧，担任掩护任务的一排顶着密集的弹雨，坚持了一个多小时，直到二、三排安全撤离后，林副连长才下令一排边打边退，撤出战斗。在部队撤至离铁路二三华里时，副连长林治国和一排长丁世金同志不幸先后中弹牺牲。

一连指战员在撤到盈福寺后稍加休息，连长和指导员派人把副连长和一排长的遗体找了回来，将二位烈士安葬在盈福寺对面的小山上。半夜，部队又从张八岭和沙河集之间跨过铁路，去迎接新的战斗。

沙河集伏袭鬼子的战斗共进行了三个半小时，击毙鬼子十五名，打伤十六名。这一战斗鼓舞了人民抗日的热情，打击了侵略军的嚣张气焰。

根据有关资料和冯村口述资料编撰

搜集整理：薛如勤

施家集反顽战斗

施家集反顽战斗端掉不抗日的国民党顽固派县政府，建立了滁县抗日民主政府，这一仗对我党领导全县人民抗日斗争有重要意义。

新四军坚持抗日，但国民党顽固派却组织反动势力，不打日寇，还与共产党闹“摩擦”。滁县城被鬼子占领后，国民党顽固派滁县政府逃到与路西根据地接壤的施集乡瓦屋李。顽县长樊公纯为了与新四军作对，在施集一带不断发展反动武装。到 1940 年 4 月，他手下已有 5 个中队 1000 多条枪，成为危害我军根据地的顽恶势力。这帮家伙不抗日，与新四军争地盘、夺税收，还抢、打、奸、杀，鱼肉老百姓。其所作所为充分说明不消灭这股恶势力，将影响路西根据地的巩固和发展，打鬼子也将受到牵制。

1940 年 4 月中旬，新四军江北指挥部决定端掉樊公纯的顽县政府，消灭顽势力武装，成立抗日民主县政府，命令新四军八团和蔡家璋的滁县抗日游击队来完成这个任务。

为了打好这一仗，八团团长周骏鸣先派侦察人员摸清敌人兵力部署情况及其活动规律。根据侦察人员报告，我军制定了先捣老窝再各个击破的作战方案。在捣老窝时，为了减少伤亡、避免惊动外围据点顽军，新四军采取“调虎离山”之计。根据作战计划，周团长命令一营一连调樊公纯

“离山”，二、三两个连主攻顽县府驻地瓦屋李；二营三连在瓦屋李西北设防，以防龚吴据点出动之敌；二营的一连和蔡家璋的游击队合击离顽县府较近的西山曹之顽军；二营二连派 3 个侦察组，分别侦察离主攻地较远的大芦、小王、岗子韩据点里顽军的动向。同时以三营为预备队，监视珠龙桥方向可能来援之敌，并相机策应。

一切布置妥当后，一连开始向敌人发动进攻，为了助威，他们把鞭炮放在铁桶里鸣放，噼噼啪啪就像机关枪开火一样。枪一响敌人乱了套，顽县长樊公纯正在睡大觉，他突然听到枪声大作，慌忙拎着枪歪戴着帽子，衣服扣子也没扣齐，就慌慌忙忙跑出来，命令后备队的顽兵开火。经过 10 多分钟激战，一连假装败退，顽军离开据点离瓦屋李不多远，狡猾的顽军后备队怕上当，赶忙缩回据点。一连长见敌人缩头回去，非常着急，心想如果敌人不上钩，就会给行动带来困难。他又带领战士们进攻顽县府，顽县长樊公纯一面指挥抵抗，一面派人到据点外面侦察。2 个顽军侦察员刚到据点背后，就被埋伏的李营长抓住。

李营长正想利用他俩，于是给顽军侦探讲了当前形势，与新四军优待俘虏的政策。顽军侦探是被抓的壮丁，早就不想当顽兵，经过教育，立即表示愿为新四军出力。李营长交代一番，就放了他俩。顽军侦探回据点向樊公纯报告说：“后面没有埋伏。”

樊公纯听说没有埋伏来了劲头，脱掉上衣吼叫道：“弟兄们，追！打了胜仗我给你们发赏钱。”说着他亲自带着顽军追出来。一连战士见敌人中计，边打边退，一口气退了好几里路。埋伏在瓦屋李附近的李营长，见瓦屋李顽军被一连调出老窝，他一声令下，二、三两个连从前后开火。因樊公纯不在窝里，群敌无首，又是夜里袭击，一阵猛打，我军就打垮了顽县府的留守人员，攻破瓦屋李的土围子。住在李财主家的顽县府工作人员全部被俘。

在攻打顽县政府的同时，我军进攻西山曹顽据点的部队也迅速行动。顽军杨家才中队为保存实力，只发一阵枪，就跑到小王庄顽军队长王汉城那里去了。两处得手后，我军又趁天亮之前分别去攻打大芦和岗子韩据点。大芦据点的顽军头子方跛子是个怕死鬼，我军一到，他就撤到龚吴去了。进攻岗子韩也较顺利，开火不到半小时，在我军的猛烈攻势下，顽军韩大头得知瓦屋李等处失败，也逃到小王庄去了。

第二天桂系顽军的一个别动大队前来增援，我新四军三营勇士在蚂蚁山山脚下迎头痛击，使其溃不成军，往回逃窜。顽县长樊公纯见大势已去，只好带着少数亲信逃离施家集。至此，在施家集一带的顽军全部被歼灭。

过几天，施家集逢集，路西根据地党组织在街西头召开群众大会，宣布共产党领导的滁县抗日民主政府成立。蔡家璋任县长，刘宏为政委（县委书记）。滁县抗日民主政府成立以后，各区、乡也都相继成立抗日民主政府。

根据有关资料和老人讲编撰

搜集整理：孙怀发

强攻黄泥岗日军据点

在黄泥岗街北头的东园村民组，坐落着一座革命烈士纪念碑，“革命烈士永垂不朽”八个金光闪闪的大字熠熠生辉。纪念碑旁松柏常青，四周水围中荷花绽放，显得十分庄严、肃静。说起这座革命烈士纪念碑的由来，那就要回到战火纷飞的抗日战争年代。

1940 年冬，日本鬼子侵犯至滁县黄泥岗。从此黄泥岗人民便生活在水深火热之中。日本鬼子和汉奸伪军三天两头下乡逮猪牵羊，烧杀抢掠，强征民夫，弄得黄泥岗百姓民不聊生。

日本侵略者为阻挡津浦路东和路西新四军的联系与保障日军津浦铁路运输线安全，在黄泥岗街北头建立起了军事据点。日伪军强迫黄泥岗百姓为其挖壕沟、筑碉堡、建岗楼。为卡住黄泥岗通往嘉山集、自来桥、张八岭的交通要道，日军在东园西北面一处小高岗上建起了日伪混合据点，同时又在东园东北边建起一座炮楼，两个岗楼互为呼应。这个炮楼内驻扎一个中队伪军约二十多人。东园据点内东、南、西、北四面均建有碉堡，中间建有一座岗楼，也是日军据点，四周挖有几丈宽的壕沟，壕沟外边又拉起铁丝网。据点里驻扎有日军一个小队和伪军一个中队共计六十多人。在这个据点里有一个汉奸头目不得不提，他就是伪军独立大队长蒲金龙。此人心狠手辣、杀人不眨眼，投靠日军后，忠心耿耿当走狗，并得到日本人重用。

为了打击日伪军的嚣张气焰，打通津浦路东、路西的交通和解救黄泥岗百姓。新四军二师决定强攻黄泥岗，铲除日伪军据点。师长罗炳辉命令新四军学兵连和嘉山县总队参战。为打有把握之仗，未开战前先派出两个侦察小组对黄泥岗日伪军据点的地形、兵力部署进行了详细侦察。同时还派出便衣队化装成地方老百姓在通往沙河集的道路两旁铲田埂、贴牛粪饼子，主要目的是阻止日军增援。

1945 年 8 月 6 日，在嘉山县总队副李占彪指挥下，强攻黄泥岗日军据点的战斗正式打响。天刚擦黑，新四军学兵连及嘉山总队的战士们快速集结，一个个如下山的猛虎，冲向日伪据点。我军兵分两路，学兵连攻打伪军中队的岗楼，首先切断两据点之间的联系。学兵连的战士们，趁着夜色，将机枪、手榴弹一起射向岗楼。几个战士在机枪掩护下，将柴草堆在岗楼四周并点火燃烧，顿时火光冲天。战士们的喊杀声、枪炮声惊天动地。在新四军的强大攻势下，岗楼内的伪军渐渐失去抵抗力。一部分伪军想逃往东园据点，有的刚跑到半路便被新四军击毙。也有几个伪军被东园据点内的伪军放下吊桥接应到据点内。经过四个多小时的激战，学兵连一举攻下岗楼，俘虏伪军十多人，打死打伤伪军十多人。攻下岗楼后，学兵连战士立即投入到强攻东园据点的战斗中。兵合一处，新四军官兵们对固守在东园据点里的日伪军展开了多次进攻。但因岗楼四周有壕沟和铁丝网阻拦，难以接近岗楼。经过一昼夜的激战，双方都有伤亡，日伪军据点的消耗更大。东方发白，新四军经过短暂休整和研究后重新组织强攻，并且将战士们分成几个梯队，爆破组负责炸掉铁丝网，突击队负责强攻。他们想到了一个好办法，将大桌子上面蒙上湿棉被，使敌人的子弹很难打穿。战士们两人一组，向敌岗楼攻击。在机枪掩护下，突击队头顶大桌子很快接近铁丝网，用炸药炸开了铁丝网，突击队快速将木梯搭上壕沟，铺上门板，战士们冒着密集的枪林弹雨，越过水围冲进据点。接着爆破组再次将炸药送进岗楼，几声轰鸣，岗楼大门被炸开，碉堡里的枪声停息，日伪军乱作一团，纷纷夺路逃命。战士们冲进岗楼，将岗楼里的四十多名日伪军和碉堡里未来得及逃跑的伪军共六十多人全部俘虏。在清理俘虏时战士们发现蒲金龙跑了。战士们立即兵分几路快速追击。在东园东边一个叫野鸡塘的地方，一战士听到塘中有水响，仔细一看，一个人头露在水面，而且将荷叶遮着头部。战士大喊一声，并用枪指着他命令其上岸。那人吓得哆哆嗦嗦地爬上岸束手就擒，他就是恶贯满盈的伪独立大队长蒲金龙。经过一天一夜的艰苦激战，黄泥岗据点被强攻下来，我军打死打伤日伪军三十多人，俘虏蒲金龙等八十余人，同时还缴获了大量枪支弹药。新四军及嘉山总队在这场战斗中也付出了一定代价，除了部分伤残外，还有九名战士献出了宝贵的生命。

战争结束后，新四军在来安县屯仓召开千人公审大会，蒲金龙被当场镇压。为缅怀在黄泥岗战斗中牺牲的革命烈士，增强黄泥岗人民的爱国情感，地方党委和政府决定在当年日伪岗楼原址上兴建黄泥岗革命烈士纪念碑。

根据王志山口述和有关资料记载编撰

搜集整理：张国忠

黄土山阻击战

1940 年，日本鬼子占领来安县城，企图以此为据点，逐渐向我路西根据地侵犯。为了拔掉这个钉子，我新四军战士在五支队司令员罗炳辉的指挥下，于 1940 年 5 月进行著名的三打来安城——“火烧来安日本侵略军”的战斗。黄土山阻击战就是为配合这一战斗而进行的。

黄土山位于滁县城东边，当时有一条土公路可以从滁城直通来安，黄土山正好扼守此路。担任阻击任务的是新四军老八团三营，营长朱国华，教导员冯村。该营任务是阻击从滁县增援来安的敌人，以保证来安之战的顺利进行。

来安战斗打响后，滁县城的鬼子和伪军很快出动增援，行至黄土山时，突然遭到我伏击部队的打击，我军很快把敌人打回滁城。但第二天八九点钟时，二三百名鬼子和伪军再次增援来安，并出动三辆战车，配备了野炮、迫击炮、掷弹筒等各种轻重武器，向我三营阵地猛攻。我军利用有利地形，从黄土山至八石山一线，节节抗击，不断杀伤敌人。在八石山一线，战士们为了保障来安的战斗，坚守阵地，寸步不让。

战斗越打越激烈，鬼子的炮火向我军阵地猛轰，我方伤亡了几十名战士。有一名班长被敌人炮弹打中，手里的机枪被炸飞几丈远，半个身子抛到半空中。战斗异常惨烈，但英勇的新四军战士，凭借顽强的革命意志和有利地形，坚守阵地，打退了敌人的一次次进攻。敌人付出了惨重的代价，也没有能够越过我军阵地一步。夜幕降临，鬼子只得灰溜溜地撤回滁城。

由于黄土山阻击战打得英勇顽强，保证了来安县战斗的顺利进行。

根据有关资料和冯村口述编撰

搜集整理：薛如勤

皇甫山伏击战

皇甫山伏击战是我军路西根据地第五次反“扫荡”的关键一仗。这一仗又一次粉碎了敌人的侵犯意图。

1941 年 2 月 12 日，驻在滁县县城的日本鬼子又出兵，向路西抗日根据地进行第五次“扫荡”。日伪军出动步兵、骑兵、炮兵 500 多人，分两路向滁县太平集、定远藕塘一带的路西抗日根据地中心区侵犯。第一路经珠龙桥企图绕道皇甫山扫荡太平集，第二路由大柳经曲亭街进犯藕塘。另外，驻蚌埠的日寇又调集日伪军 500 多人，也分兵两路，一路经定远县城，一路从嘉山县的明光、管店出发，企图共同“扫荡”路西中心区。

路西新四军二师得到情报后，命令四旅十二团的二、三两个营在藕塘东北的岱山铺、池河一线设防，阻击明光、管店方面进犯之敌。一营在南店子、桑涧两处驻守，以防定远县城方面来敌。主战场则在滁县皇甫山，那里地形十分有利。师部命令五旅十三团在皇甫山一带阻击敌人。团长林英坚命令一营在皇甫山通往路西根据地的必经之路埋伏，打击珠龙桥方面来敌；三营在皇甫山北边的曲亭附近隐蔽，阻击大柳方面来犯之敌；二营作预备队，在曲亭至凤凰山一线防守。

12 日下午，十三团的三个营全部进入阵地。一营刚到达阵地就挖战壕、埋地雷，做好战斗准备。三营在曲亭西边的华严庵树丛中张网待敌。13日上午，第一路日伪军气势汹汹地从珠龙桥开过来。日寇非常疯狂，一路上放枪鸣炮，见人就杀，见房屋就烧，见东西就抢，实行灭绝人性的“三光”政策。他们到达老牛墩附近稍微停顿一会，就往西进犯。窜到皇甫山东北部，日伪军见地形险要，才放慢了脚步。日本指挥官骑在马上拿着望远镜四处张望观察。

一营战士早就将子弹推上枪膛等待命令。鬼子指挥官张望一会，没发现什么异常情况，把手一挥，100多鬼子和100多伪军陆续进入皇甫山纵深处。鬼子怕遭暗算，命令一个班的伪军在前开路。不一会，10多个伪军进入埋伏圈。我战士屏住呼吸，在掩体里一动不动。由于没发现什么情况，日伪军大队蜂拥前进。待敌人全部进入伏击圈踏响地雷后，指挥员喊一声打，几百支枪同时开火，一颗颗手榴弹在敌群中开了花。鬼子指挥官被打得从马上倒栽下来，望远镜摔得老远。敌人架起机枪扫射。我军战士占据有利地势，很快把日伪军分割成几处，使敌人首尾不能相顾。日伪军发起几次冲锋，也无法越过我军防线，更不能去“扫荡”路西中心区。傍晚时分，鬼子指挥官只得带着伤，丢下20多具日伪军尸体，狼狈地往滁县县城方向逃窜。

经大柳、曲亭进犯藕塘的日伪军约300人。他们是13日中午达到曲亭的，在曲亭街上烧杀抢掳一番后，下午两点多往西北出发。刚走5里多路，与我军在皇甫山东北华严庵埋伏的三营遭遇。三营战士迅速抢占一个小山头，几挺机枪同时扫射，打得敌军不能前进。正在相持时，日伪军分南北两方，向小山头包抄过来。三营营长命令一连打击南面敌人，二连打击北边的日伪军，三连原地阻击。日寇凭借充足的子弹，发动了猛烈的攻势。一时间，阵地上炮火连天，硝烟弥漫。新四军指战员依托居高临下有利地势，以压倒敌人的英勇气概，连续打退日伪军的两次反扑。但是，日寇不甘心失败，下午四点多又发动大规模的攻击，以更猛烈的炮火攻打我军阵地。我军沉着、冷静反击。战斗打得正激烈时，在凤凰山设防的十三团二营增援部队赶到，从背后发动进攻。敌人前后受到夹击，感到大事不妙，这时天色已晚，他们更加害怕，丢下十几具尸体后，慌忙向珠龙桥方向逃窜。至此，这两支“扫荡”路西根据地的日伪军均在皇甫山区被打退。

皇甫山战斗胜利的消息传出，明光、管店与定远县城两路进犯路西中心区的日伪军不敢轻举妄动，相互观望一阵之后，就各自龟缩回去了。这次战斗粉碎了日寇向路西根据地中心区的第五次“扫荡”，再一次打击了日本鬼子的嚣张气焰。

根据有关资料编撰

搜集整理：史传华

黑狼庙守卫战

章广镇陆岗村黑狼庙遗址下方有一块“黑狼庙战斗遗址”纪念碑，说起纪念碑让我想起新四军当年为守卫黑狼庙阵地与国民党顽军激烈拼杀的战斗故事。

黑狼庙位于今章广镇东的丘陵地带，东、北面为陡坡，南面为一片开阔地。其西是广兴集、界牌集，东南为周家岗，当时均在国民党顽军控制之下。北面则是我军津浦路西抗日根据地的中心区太平集、藕塘。此时，黑狼庙是我军根据地的南大门，新四军在黑狼庙制高点构筑有牢固的防御工事。为了守卫阵地，我军与国民党顽军进行殊死拼杀。

战斗是1941年11月打响的。守卫黑狼庙的是新四军二师五旅十三团。战事发生前夕，团部接到路西野战司令部坚守阵地的命令后，团长林英坚立即命所部在黑狼庙、南黄、得胜汪一带修筑工事。全团部署如下：三营全部固守黑狼庙正面阵地；一、二营在余家圩伏击周家岗来援之敌，保证三营侧后安全，其中留五连作预备队；团指挥所设在黑狼庙西北的南黄村庄后山。11月26日，国民党顽军以五个团的兵力向我路西根据地猛烈进犯。这一天，天色阴沉。上午8时许，新四军十三团侦察排在滁四区（章广区）马厂乡民兵配合下，到西王集侦察敌情，在四户房发现顽军五一一团的两个营已经出动。侦察排和民兵当即与敌人交火，边打边退。约10时半，顽军接近黑狼庙阵地，十三团三营立即投入战斗。与此同时，顽军第十游击纵队的两个大队亦向东南方向的鸦窝集运动，11时，占领鸦窝集后，一个大队向南黄方向进攻，另一个大队扑向黑狼庙。顽军以其数量上的优势向黑狼庙阵地发起凶猛进攻，三营指战员依托居高临下的有利地形英勇还击，上午打退了敌人两次进攻。战斗打响后，当地抗日民主政府组织民工支援前线，他们冒着枪林弹雨抬担架、救伤员、送饭菜。下午，顽军发起第三次进攻，步步紧逼，战况更加激烈。林英坚团长亲自上前线指挥，并命令一、二营立即向黑狼庙运动。当林团长行至黑狼庙东北山坡时，发现敌军约一个营的兵力已接近黑狼庙北阵地，企图从侧后方向三营包围过去。此时，一营的一、二连，二营的六连赶到，林团长当即亲率这3个连向黑狼庙北阵地压过去。经反复冲杀，下午4时许，终于将这股敌人击退。不幸的是林英坚团长在战斗中被敌人的子弹击中心房。他的鲜血洒在黑狼庙阵地，英勇献身。这时三营阵地在强大敌人猛烈攻击下，频频告急。黄昏时分，十三团撤退，之后在政委童浩生的带领下转移到津浦路东休整。

在路东，新四军隆重举行了林英坚团长和黑狼庙战斗中阵亡官兵追悼大会，朱德总司令发来唁电，新四军副军长张运逸、二师师长罗炳辉参加追悼会并讲了话，对林英坚一生进行了高度评价。

林英坚参加过长征，他牺牲时年仅33岁，他的遗骸被安放在皇甫烈士陵园。

根据有关资料和老人讲述编撰

搜集整理：汪宗文

伏家湾歼匪

抗日战争时期我军在打日本鬼子的同时，对杀人抢劫、危害人民生命财产安全的土匪也进行剿灭，伏家湾歼匪就是其中一例。

1937年冬，日军侵占滁县后，土豪劣绅、地痞流氓纷纷聚众为匪，横行乡里，助纣为虐，蹂躏百姓。以张成贵为首的一股土匪横行于津浦路东伏家湾和路西滁县花山一带，招兵买马扩张势力，发展到400多人。他们不打日本鬼子，却到处抢掠财物，欺压百姓。

为了调动一切力量，团结起来，一致对外，经中共党组织研究决定，新四军设法收编这支武装土匪，如果土匪顽抗就予以消灭，组织上派滁县抗日干部裴海萍去完成这项任务。裴海萍接受任务后，于1938年5月初率领12个人前往伏家湾和匪首张成贵等会了面，并说明来意。张成贵极为不满，借口裴海萍带去的县自卫队中队长没有给他行礼，就逮去毒打一顿，还要拖出去枪毙。这时同去的同志向裴海萍作了报告。裴知道张成贵的阴谋，由于环境险恶，为了不将事态一触即发，只好强压怒火，即派人去请张成贵，裴对张说："大队长，别和小孩子怄气。"随即又把那个被打得遍体鳞伤的中队长叫来，给张成贵赔礼道歉，方化险为夷。

这次收编土匪的任务虽然没有完成，但收获却不小。通过接触，新四军已经看出了这股土匪的真面目，他们是不愿老老实实放下武器的；并且了解到土匪内部的一些矛盾，如另一股土匪对张成贵的专横霸道极为不满，并在裴海萍面前发牢骚。

裴海萍回来后，把情况向赵卓（党支部书记、滁县行动委员会指导员）作了汇报。经党组织研究，一定要把这股土匪歼灭，免得危害百姓，阻碍抗日。派谁去呢？因裴海萍曾到那里去过，所以党组织决定派裴海萍再次去伏家湾。考虑到土匪不仅人多，而且还有一些重武器，如果强攻硬拼就要吃亏。于是，决定引蛇出洞，出其不意地干掉他们。

裴海萍带了警卫顾明德和两位排长、一名战士，每人带了一支手枪，前往伏家湾。他们在一家菜馆里坐下，顾明德出去联络。张匪派三名土匪小头目带着身挎盒子枪的八名土匪耀武扬威地来会见裴海萍。一见面，土匪小头目就气势汹汹地问："你们来了多少人？""我们来了五个人。"裴海萍平静地说。土匪头目接着问："你们来干什么？""我们来找张大队长联系，研究共同抗日的事。"裴海萍欠了欠身子，很和气地回答。并继续说："有劳众位，把大队长请来好吗？"匪徒们把这几个人上下打量一番，看不出什么破绽，二话没说就走了。不一会，张成贵来了。见了面，裴奉承了几句，说："兄弟这次来，主要请大队长吃酒，商讨共同抗日的问题。"裴海萍一面派人和张周旋，一面暗中把另一股不满张成贵的土匪头目唐浩找来，晓以大义，统一认识，交代了具体任务。要求唐浩派一个班在酒馆门口守卫，以防战斗打响后大队部的匪徒来援救；再派一个机枪班在集镇的河对面，准备截击逃跑的匪徒。

这天请张成贵吃酒共有四桌。裴海萍按事先研究好的办法，每个桌上都派我方一人斟酒，唐浩也分管一桌，裴海萍、顾明德两人坐一起，负责指挥。开始喝酒了，突然进来一人说："报告大队长，子弹已经送到了。"大队长说："送进来吧！"当时裴海萍带去的两个排长沉不住气，来到张匪的桌前："报告大队长，子弹可能赏给小孩子玩玩？"张爽快地说："给他们两条子。"于是就叫他身边的卫兵拿了两条子弹送给两个排长。他们接过子弹后，"刷"的一声，不约而同地都将子弹压进自己的枪膛里，随即又向张匪报告："报告大队长，可允许我们打打枪试试？"裴海萍知道他们的意思，但战机未到，怕误了大事。于是未等张匪说话，就向两个排长严厉地说："这是什么地方？在这里不许校枪。"两个排长会意地把枪插入腰间，向张成贵敬了个礼，回到自己座位。

两个排长回到座位后，神情焦躁、坐立不安、跃跃欲试。裴海萍看到这种情况怕被敌人识破，迅速转过身对桌上喝酒的人说："怎么，你们光喝不见酒少？"又对自己人说："还不赶快给长官们斟酒。"于是把匪徒们的注意力转移到吃酒上面来，两个排长缓了口气，这才恢复常态。餐厅里立即沸腾起来，吃呀、喝呀、猜拳呀，闹得乌烟瘴气。酒过三巡，菜过五味，土匪们喝得有几分醉意，有的把枪放到桌边，有的把手枪插在枪套子里，背在身后，有的干脆连衣服带枪放到一边挂起来。他们一边划拳猜令，一边狼吞虎咽。裴海萍乘机左一杯、右一杯，把匪徒们都灌醉了。

正在这时，顾明德说："哎哟！我的肚子痛。"引得哄堂大笑。顾明德在笑声中捂着肚子跑了出去。裴海萍迅速地把整个餐厅扫视了一下，大喝一声："打！"好家伙，就像晴天响了个霹雳，餐厅内外顿时"乒乒乓乓"响作一团。匪徒们莫名其妙，做梦也未想到这一招。有的嘴里菜还未咽下就见了阎王。三个匪首有两个当场被击毙，另一个渡河逃跑被淹死，餐厅内的匪徒除少数投降外，都被击毙。驻扎在大队部的土匪听到酒馆内的枪声，知道情况有变，赶来接应。这时埋伏在门口的一个班立即阻击，匪徒想回头跑，但又碰到另一个机枪班向他们射击。敌人腹背受击，除极少数逃跑、死亡外，其余全部被俘。整个战斗打得十分利落，不到一顿饭工夫，俘获八十多人，击毙、击伤二十多人，缴获短枪二十余支，长枪八十余支，机枪两挺，还有一大批手榴弹和子弹。接着裴海萍一面把所有人收编起来，准备迎击敌人的增援；一面派人送信要求我方派队伍来打援，准备彻底消灭这一带特别是滁县花山的大股土匪。

裴海萍当时就预料到：逃跑的几个土匪一定会到滁县花山去搬救兵，挽救他们在伏家湾的失败，所以连夜采取了紧急措施。他首先把曹家渡上下附近渡口的船只全部集中到清流河东岸，不便集中的船就干脆沉掉。再派一个机枪班把守曹家渡，其他渡口各派一个班把守，其余都分散在河沿，准备迎击前来送死的土匪。

果不出所料，第二天清晨，滁县花山的二百多名土匪全部集中到伏家湾的对面，与我军展开了一场激烈的战斗。战斗打响没多久，土匪的背后就响起了枪声，我方的增援部队来了。就这样两面夹攻，一举消灭了这股武装土匪，扫除了抗日道路上的障碍。

讲述人：裴海萍

搜集整理：薛如勤

五尖山战斗

这是一场反击国民党顽军进犯的战斗，发生在章广镇边境五尖山。我军以少胜多，固守阵地，打退敌人多次进攻，令人惊心动魄。

战斗发生在 1943 年 10 月下旬，正当津浦路西新四军主力在根据地北线展开反对日伪军的“蚕食”斗争之际，盘踞在古城、广兴集、西王集等地的桂系顽军一七一师，以为有虚可趁，便偷偷调集人马，向我军根据地章广集西边的五尖山一带发动进攻。当时我军驻守五尖山的是新四军二师五旅十五团三营九连。十五团团部在五尖山下东边的锅底张。顽军一七一师出动其主力五一一团、五一三团的两个营及一个连人马，在顽师长曹茂宗的指挥下，于 10 月 29 日先后占领燕塘山、瓦山、石头山、孤山等阵地。

10 月 30 日早晨，敌人先头部队到达五尖山下，随即发动了向我军五尖山阵地的进攻。守卫在五尖山主阵地的九连官兵，事先已得到情报，他们边加固工事，边埋地雷，做好了战斗准备。敌人先是用大炮向我主阵地山头顶上轰炸，以侦察我军火力。接着用一个营的兵力，在炮火掩护下，向我军阵地发动进攻。敌人快接近山顶时，停止了向山顶上的炮击。这时我军九连连长徐义民，站在工事里，指着黑压压往山上爬的顽军对战士们说：“要沉住气，等敌人吃过‘地瓜’（地雷），靠近阵地再打。”正说着，

“轰隆隆”连声巨响，顽军踩响了我军在山坡上埋下的地雷。顽军在硝烟中一阵混乱之后，又像蚂蚁一样往上爬。敌人快接近山顶进入我军射程时，徐连长一声喊打，数百颗手榴弹像雨点般落入敌群，敌人又死伤一批。手榴弹过后，我军轻重武器一齐开火，打得敌人抬不起头来。在我军猛烈的火力打击下，双方激战一个多小时，敌人这才纷纷往回逃窜。

顽军第一次冲锋被打退后，其团长恼羞成怒，又组织另一股顽军，发动第二次进攻，妄图趁我军喘息未定的机会攻占山头。我军九连指战员对多于自己数倍的敌人，毫不畏惧，他们擦亮了刺刀，把手榴弹打开保险盖，决心誓死固守阵地，等待援军。敌人的第二次冲锋比前一次人数更多也更猛。顽军团长亲自督战，又命令督战队挥舞大刀，迫使士兵往上攻。我军先是用枪射击，当敌人接近阵地时，将一束束手榴弹投向敌群，顽军虽被打死不少，但由于人多势众，又有督战队胁迫，前面的被打死，后面的凭借伙伴的尸体做掩护又继续往上攻。接近山顶时，徐连长一声喊，我军百余名战士，跳出战壕与敌人拼刺刀。一阵白刃格斗，敌人被压了下去。头一批敌人刚滚下山，后边又爬上来更多的敌军。我军九连官兵毫不畏惧，对准敌人奋勇拼杀，死守阵地。正在危急之时，我军七、八两个连的援军赶到，经过一阵刺杀，中午时分，敌人又被打退。

顽军两次进攻失败之后，并不死心。午后顽军师长曹茂宗又调整部署，一边与我军在主阵地枪战，一边派两个连的兵力，迂回到我军主阵地后侧，妄图攻占一个高峰，控制主阵地。发现敌人企图后，十五团政委殷绍礼果断地率领二营两个连，飞快开赴主峰。两军相争，先占者胜。二营战士一阵急行军到达山下，即往山上攀登。敌人指派的也是精锐连队，从另一面山坡往山上爬。当我先锋班登上主峰时，10 多个顽军已接近山顶，前后只差几分钟。我军先登上主峰的战士，顾不得喘气，一阵火力将接近山顶的头批敌人打下山去。待敌人大部队分散往山上爬时，我军官兵已抢先一步，全部到达山头。殷绍礼政委指挥战士，居高临下狠狠射击，前后不到一个小时，抢占最高峰的敌人全部溃退。

敌人抢占高峰失败后，还是不死心。顽师长曹茂宗恼羞成怒，依仗他精良的装备、充足的炮弹，在下午 3 点多钟，用重型炮弹向我军主阵地狂轰滥炸。一发发炮弹呼啸而来，接连不断地爆炸声震耳欲聋，敌人持续轰炸半个多小时，山头上狼烟四起，遮天蔽日。据参战的老同志回忆，我军主阵地每平方米要落两三发炮弹，很多战壕、掩体被炸毁，山顶上松土碎石层被炸起一尺多厚。为避免伤亡，除留少数战士在山上岩石空隙中或非常牢固的掩体里，大部队撤到山后隐蔽起来，敌人停止往山上炮击时，我军部队又抢先占据山头阵地打击敌人。就这样，敌人连续几次发动大规模进攻，均被十五团勇士打得落花流水。下午五时许，顽军黔驴技穷，死伤二百多人，败阵逃回。

这一仗我军虽有伤亡，但固守了五尖山阵地，再次教训了桂系顽军，也巩固了我军路西根据地。

根据有关资料和老人讲述编撰

搜集整理：汪宗文

铲除大王郢日伪军据点

大王郢（今南谯区大王街道办事处驻地）位于原滁县东部，抗日战争时期是滁县经来安县水口镇往半塔镇的必经之地，是我军津浦路东、路西根据地的交通要道。为了控制这个交通线，阻止新四军交通联络，日军在大王郢设立据点，驻扎一个中队的伪军，约九十余人。

1944 年 5 月，新四军来（安）六（合）支队攻下张家堡，接连扫除日伪三个据点，震惊了滁县县城一带的敌人。日军、伪军和地方上顽固势力一齐出动，向我军来安半塔根据地发动疯狂“扫荡”。其中，驻扎在大王郢的一个伪军中队，像一颗钉子一样卡在咽喉要道上。这个据点里的伪军一方面效忠日军，与共产党与人民为敌；一方面横行乡里、鱼肉百姓。这帮人为防备新四军进攻，还筑起了一座高三层的砖石碉楼，成为交通线上的一道障碍。这样一来使路东根据地的形势更加紧张了起来。

1944 年 11 月，为了打通路东、路西交通线，有效化解不利形势，新四军二师决定拔掉这颗钉子，师长罗炳辉派出侦察人员搞清敌人兵力布置、活动规律等情况之后，命令来六支队政委谢曙光火速赶往师部驻地，商议如何开展反“扫荡”行动。经过几番分析研判，大家达成共识，决定由来六支队拔除驻大王郢的日伪据点这颗钉子。这场拔钉子战斗不仅可以配合根据地开展对敌斗争，还可以牵着敌人的鼻子转，一举两得。

谢曙光政委接受任务后，立即带领两个连的兵力向大王郢据点进发。攻打大王郢据点的战斗在11月一天晚上的八点钟打响。战斗开始，伪军凭借碉楼的优势火力负隅顽抗。我军缺乏强攻武器，一时攻不下碉楼，敌人的气焰便嚣张起来。为了尽快消灭敌人，部队临时召开会议，战士们纷纷献计献策，决定土法上马，给敌人来个“麻辣汇”：即用长竹竿绑上手榴弹，塞进伪军据点碉楼的枪眼里；用棉絮包上辣椒粉，蘸上煤油点着火后扔进敌群中。说时迟那时快，战士们立即分头准备，迅速投入行动。一时间，枪声隆隆，火光冲天，伪军被“麻辣汇”呛得眼泪直流，眼也睁不开，哭爹叫娘，四处逃窜。经过几个小时的激烈战斗，敌人死的死，伤的伤，伪军中队长周百安在激战中被火烧死，剩余的伪军见大势已去，只得乖乖缴械投降。这一仗共消灭九十余名伪军，一个中队的敌人无一漏网，还缴获九十余支抢，以及外带日本人的一条狼狗。

新四军铲除大王郢日伪军据点战斗的胜利，不仅有力地配合了皖东根据地的反“扫荡”斗争，扩大了抗日根据地，使当地人民群众从敌伪的魔爪下得到了解放，也大大地方便了路东和路西两根据地的交通联络，为抗日战争早日胜利奠定了基础。

根据有关资料和老人讲述编撰

搜集整理：吴学明

珠龙桥阻击战

珠龙革命烈士纪念碑位于清流社区南山头。说起烈士纪念碑，不禁使我们想起南山头那场阻击敌人的激烈战斗。

那是1945年11月3日，国民党反动派军队向藕塘地区发动进攻，企图打击我军津浦路西根据地主力部队和路西地委、专署机关。此时新四军二师主力正奉命转移，一部分地方机关和军工厂等先后撤往路东。为掩护领导机关安全，为转移赢得时间，定滁全支队回民连奉命在珠龙桥阻击敌人。

当时国民党反动派以三个团和一个县大队的兵力进攻珠龙桥，定滁全支队回民连二排32名战士在连长董立才的率领下，在珠龙桥南山头制高点修建碉堡阻击敌人。

战斗持续三天，打退敌人数十次进攻。他们每打退一次敌人进攻，就在碉堡里敲锣打鼓激怒敌人，故意吸引敌人进攻，为确保领导机关转移赢得更多时间。恼羞成怒的国民党顽军指挥官看着南山头下一个个自己部下的尸体，想不到一个大队的兵力竟然拿不下一个小小的碉堡。这时顽军的主力部队赶到，又调来一门山炮架在南山头对面的乌龟山顶上，连发几发炮弹把我军碉堡轰塌。

英勇的革命战士无畏无惧，从碉堡中冲出来与敌人英勇战斗，子弹打光了就拼刺刀，但终因寡不敌众，连长董立才和大部分战士不幸被俘。敌人查问谁是排长，为了保护同志，连长董立才称自己是排长，保护了排长秦学兵。敌人对董立才威逼利诱，董连长与敌人坚决斗争。气急败坏的敌人将董立才连长活埋于珠龙老街北。敌人又威胁战士们，要他们说出共产党首脑机关的转移方向，英勇的革命战士坚定地说："不知道，就是知道也不会告诉你们的。"残忍的敌人用铁丝从战士们的手心穿过，把他们一个个连起来，在珠龙街上游街示众。战士们忍着剧痛高喊"共产党万岁，打倒国民党反动派"。他们英勇不屈，掩护了我方首脑机关和后方工厂的安全转移。

为了纪念死难的革命烈士，1966 年 4 月 10 日，珠龙人民满怀悲愤的心情树立了这块纪念碑，以此缅怀英勇的革命战士。当时这块革命烈士纪念碑名为"南山革命烈士纪念碑"。2009 年，南谯区民政部门对这块纪念碑进行重新修建，更名为"无名烈士万岁"纪念碑，并被确立为南谯区首批爱国主义教育基地。2013 年南谯区政府又对其进行了重新修缮。

根据有关资料和知情人讲述编撰

搜集整理：许明萍

蔡家洼战斗

施集镇孙岗村蔡家洼的后山坡上原来有一座掩埋了30多名烈士的坟墓，这座烈士墓的背后有一段惨烈的战斗故事。

抗日战争胜利后，我党着手建立民主政权，但国民党反动派挑起内战，滁县国民党军队勾结地方反动势力不断袭击我军革命武装力量，切断并封锁我军解放区之间的相互联系。

1946年5月，我军主力部队北撤转移后，国民党顽固派集中一万多兵力，分七路向我军淮南津浦路西解放区大举侵犯。几天内先后由全椒西北部，向界牌、章广、西王、周岗等地进犯。面对严峻局势，中共路西地委和军分区作出了就地坚持武装斗争的决议。

1946年5月中旬，路西军分区通讯排去执行联络任务，当队伍行进到施家集孙岗乡（后并到施集乡）蔡家洼时，夜幕已经降临，看不清道路，只好就地宿营，准备第二天一早架设电话线与上级联系。蔡家洼，三面环山，山高林密，坡陡路险，这里距施家集15里，距周家岗10里。小村庄坐落在山洼里，只住有二三十口人。战士们到达后，趁着暮色派侦察员前往老百姓家中联络住宿。村民们一听是共产党的部队，马上开门，像对待亲人一样迎接战士们。

凌晨时分，小山村突然响起了一阵阵枪声，战士们从睡梦中猛地惊醒。这时夜间站岗的两名战士已经倒在血泊之中，敌人不知从何时起已将小山村团团包围。通讯排长命令做好战斗准备。战士们从窗口向外观察，听到村外树林里的枪声越来越近，山坡上有敌人喊话："你们被包围了，快投降吧!"战士们携带的武器弹药有限，但个个赤胆忠心，面对敌人的包围已将生死置之度外。他们英勇不屈，一边战斗一边寻找突围的机会，同时安慰乡亲们，不要慌张，注意隐蔽。战士们寻找敌人火力薄弱点，采取佯攻方式，声东击西，使敌人摸不清我军的兵力和火力情况。战斗持续到下午，敌人已进了村庄，战士们的子弹已打光，都做好了肉搏拼杀的准备。当敌人靠近农户家门口时，有的战士端起带刺刀的长枪，有的握紧农户家中的刀叉、棍棒和铁锤等，随时准备冲锋厮杀。随着排长一声命令："同志们，祖国考验我们的时候到了，为消灭国民党反动派，冲啊!"此时，战士们将死亡抛之脑后，一个个像猛虎一般冲出农户家门，奋不顾身与敌人展开了你死我活的肉搏战。战斗中有的战士身中数枪，手里仍紧握钢枪与敌人搏斗；有的血流满面染红了全身衣服，仍与敌人拼杀；有的为救护战友，趴在战友身上当肉盾；有的临死时仍紧紧地掐着敌人的脖子……战斗持续到傍晚，最终因敌众我寡，通讯排的30多名战士全部倒在血泊之中。还有30多名逃难到蔡家洼的群众和当地村民也惨遭不幸，全村庄活下来的人寥寥无几。据目击者说，战士们的遗体横七竖八地倒在地上，惨不忍睹，鲜血染红了整个小山洼，场面十分悲壮。

第二天，原孙岗乡农会组织农友们，偷偷将这些无名烈士和遇难的村民遗体就地掩埋在蔡家洼的后山坡上。后来查明，蔡家洼战斗是因有人向盘踞在周家岗的国民党军第516团告密，敌人派一个营的兵力来偷袭，致使我全排战士壮烈牺牲。

1965年，当时的施集公社孙岗大队党支部组织党员和群众，将战士们的遗骸迁到孙岗大队部附近的阳明山上，并建了三座烈士墓，供干部群众祭扫。

2012年，中共南谯区委、区政府在章广镇皇甫扩建革命烈士陵园，将蔡家洼战斗牺牲的30多名烈士遗骨全部移迁到烈士陵园里安葬，作为红色教育基地的组成部分，供后人永远纪念。

根据有关资料和调查材料编撰

搜集整理：王光忠 王锐

大韩突围战

“清明时节雨纷纷，怀念亲人铭记心。亲人虽亲亲一族，英雄烈士为众人。”这是流传原滁县西乡的一首童谣。记得儿时上小学的时候，每到清明时节，学校都组织我们去祭扫烈士墓。滁县西乡是革命老区，抗日战争和解放战争时期，在西乡发生过很多次战斗，牺牲的无名烈士不计其数。大韩突围战就是其中一例。

1948 年 5 月，中共淮南津浦路西地委书记杨效椿、滁县军分区司令员艾明山，为了开辟全椒县北部和滁县中部游击区，带领淮南支队一个营攻打周家岗和施家集，定滁县县长姜汉三带领工作组协同作战。这次战斗消灭全椒县保安大队一个中队，赶跑国民党在全椒县的流亡政府。返回时途经原滁县李集乡大韩村（现属南谯区施集镇），见天色已晚，营长严凤亭按照支队的指示和杨效椿书记带两个主力连住在大韩东北一个叫黑李的村庄，并按计划于天亮前先行撤往定远方向，艾明山司令员与留下的一个连决定在大韩村歇息一夜。战士们连续作战和行军，又饥又饿。炊事兵在做饭时把桐油误以为是麻油，倒进锅里炒饭。吃过饭后，战士们又吐又腹泻。艾明山到灶房查看，发现炊事兵误把桐油当麻油。连忙安排卫生员熬煮止泻的中药汤，战士们服药后才稍有好转。

天色渐明。恰巧一位小贩赶早进滁城，路过十五里大桥被巡逻的国民党兵逮住。经询问，小贩说出实情：在大韩村见到穿灰军装的部队驻在那里（还有的说，是一个顽保长告密的）。驻滁县国民党军队立即调动一个加强营，火速赶到大韩，在前面的山坡上设下包围圈。我军岗哨发现敌人，立即向大韩村后边撤，准备向艾明山司令员报告时，敌人已开始进攻。战士们经过一夜的折腾昏昏欲睡。有一个战士小解，发现情况大喊："敌人来了！"但为时已晚。敌人在对面山坡上的机枪迫击炮响声大震，我军奋力还击。司令员艾明山镇静指挥，他命令部队分成两部分，张连长带一部分战士阻击，艾明山指挥通讯排迅速抢占大韩后面的小山头，以两挺机枪进行反击，并成功突围。张连长利用敌人吃饭时间从包围圈撕开一道口子，集中火力阻击敌人。艾明山突围后，张连长把掩护部队集中一处同敌人边打边撤，一直战斗到黄昏，终因寡不敌众，除张连长带一部分人突围外，杜排长和 22 名战士壮烈牺牲。定滁县县长姜汉三因腿部负重伤被俘。

姜汉三先被抬到滁城"示众"，后被关押在徐州监狱。同年 12 月，徐州即将解放，监狱防备不严，姜汉三趁乱逃脱，回到滁县继续参加战斗。

1977 年 8 月，原李集公社党委决定在掩埋烈士遗体的山坡上，修建革命烈士纪念碑。当地的中小学生在清明节期间常去悼念。2013 年，政府将烈士遗骨迁到皇甫烈士陵园安葬。

根据有关资料和知情人讲述编撰

搜集整理：徐　舟

徐海东会“算”

1940年初，徐海东在战场上劳累过度，肺病复发，他带着百余人的警卫连，化名杨副官，又称“老病号”，住在皇甫山区的窝子李，一边养病，一边与敌人斗争。当地老百姓说，徐海东会算，对突然发生的紧急情况，他掐指一算就能识破敌人阴谋而转危为安。下面讲一段他会算的故事。

1941年秋后的一天，日寇打听到新四军江北指挥部副指挥兼四支部司令员徐海东住在窝子李，立即派500多名日伪军从东边的曲亭和大柳两路来夹攻“老病号”。这天傍晚，侦察员带来情报。事情发生得突然，警卫人员和徐海东的夫人周东屏一听都有点紧张，忙收拾东西，准备转移。徐海东不慌不忙，把侦察员、警卫连干部叫了过来。他边听情况，边看地图，随即用手指着地图说：“向东转移！从皇甫山插过去！”侦察员认为徐将军听错了情况，忙说：“那正是敌人兵力最强的方向！”“正是。”徐海东说：“敌人兵力最强的地方，往往是他们最容易疏忽的地方，再说，皇甫山群峰起伏，沟壑纵横，我们一支小部队是可以隐蔽突破的。”

就这样，“老病号”睡在担架上，带着一个连的小部队，从敌人两路合围的缝隙里，悄悄地进了皇甫山。这位善于游击战的“山大王”在数倍于已的敌人包围中，安全脱险了。诡计多端的日本鬼子在窝子李扑了空，又往西跑了十几里，500 多人像疯子一样在徐海东住地四周找来找去，气得乱放枪，还烧掉了徐海东的住房。

还有一次，1942 年暮春季节，日伪军第二次来袭击窝子李，企图危害徐海东。敌人杀气腾腾奔来，徐海东安然地睡在担架上，让战士们抬着走。他根据枪声算着敌人的兵力和距离。这一次敌人来得也很突然，他们撤到皇甫山西边的一个深山沟时，只离敌人几百米，如果再抬着走很容易被日寇发现目标，徐海东当机立断，命令："放下担架，大家分散隐蔽，我就睡在这里！"战士们怎么也不愿丢下可敬的首长，警卫连长说："万一被鬼子发现了怎么办！"徐海东反问："为什么你只想万一，不想一万呢？这条大山沟对我来说就是保险柜。"战士们见他动了怒，只得放下担架，折些树枝架在徐海东的担架上面，一个个钻进密林深处隐藏起来。

日伪军没命地往前追，其中有一股敌人只离徐海东 20 多米，可就是扑了空。敌人不死心，又掉回头来搜索，明明晓得"老病号"就在山里，但就是寻他不着。晚上，敌人垂头丧气撤走后，战士们又把徐海东抬到安全的地方。

第三次是当年夏天，徐海东又得到日伪军来窝子李的情报，他化妆后提前隐蔽起来，让警卫人员抬着他睡的空担架走，并有意让敌人发现。抬担架的战士不紧不慢向根据地藕塘方向出发，日伪军追了几里路，怕遭埋伏就又返回据点去了，再次无功而返。

讲述人：张东明

搜集整理：孙金梅

引鬼打鬼

1941年，徐海东住在皇甫山下的窝子李养病，日军来“扫荡”，他转移到皇甫山东边瓦户。在瓦户住下没有几天，日寇的“扫荡队”又来了。他想了一下，制订了一个“引鬼打鬼”的作战计划，让日本鬼子与投靠日本的伪军相互打起来。

这年初冬的一天傍晚，日本鬼子“扫荡”来了。徐海东一边看地图一边沉思。他问警卫连长：“日寇离这里还有多远?”连长回答：“根据侦察员报告，离这里还有二十多里路。”徐海东思索一下，果断地说：“立即出发，去打沈塘王!”“打沈塘王?”连长惊奇地问：“那里有100多个伪军，他们助纣为虐，干尽坏事，还扬言要危害你徐将军，上次我们要去拔掉这个钉子，你不同意；今天去打，日本鬼子又从背后上来，如果他们前后夹攻，我们能受得住吗?”徐海东笑笑说：“前次不去攻打是等机会，今天正好引日本鬼子去打伪军!”连长听他这么说，恍然大悟：你这是“引鬼打鬼”。徐海东点点头。接着又具体交代了“引鬼打鬼”的办法。

太阳下山了，侦察员来报告，日寇只离这里四五里路了。警卫连长说声好，便带着队伍出发了。他们按照徐海东的交代，一边走路，一边有意在路上丢下一些军用物品，走一段路，还放几枪，引得日本鬼子紧紧尾随其后。不到一个小时，徐海东的警卫连就到达沈塘王附近。这时天已黑透了。夜色中，他们一个个猫着腰，埋伏在沈塘王西北边的一条河沟里。

沈塘王是一个几十户人家的较大村庄，坐落在全椒县与滁县的交界地方，这里筑有土圩子和 3 个炮楼，里边驻守 100 多个伪军。这些坏家伙，得到新四军来进攻的消息，慌忙躲进炮楼里和战壕里，架上机枪，准备顽抗。新四军埋伏下来时间不长，后边尾随的日寇也气势汹汹赶来。警卫连长估计日寇的枪炮射程能达到沈塘王炮楼时，“砰”的一声，对天放了一枪。枪声一响，战士们向沈塘王的伪军和后边的日本鬼子同时开火。当时天黑得伸手不见五指，伪军格外心虚，听到枪声，不问青红皂白拼命开枪。日本鬼子“扫荡队”是从滁县城新过来的，他们不知道沈塘王有伪军驻守，以为是新四军打的枪，也架起机枪发疯似的扫射。待两边接上火以后，新四军战士按照徐海东的布置，从河沟里悄悄往北边的常山岭方向撤退并与徐海东将军会合。新四军撤走后，交战的日本鬼子与伪军双方又靠近了一些，这场“鬼”打“鬼”的战斗可热闹了。伪军守在炮楼里，又占着居高临下的优势，不一会就打死打伤了十多个日本鬼子。日本鬼子指挥官气得火冒三丈，命令架起小钢炮，一连几发炮弹，把三个炮楼都轰倒了。炮楼里面的伪军死的死伤的伤。在炮楼外战壕里的伪军，吓得慌忙逃跑，又被日本鬼子的机关枪打死打伤几个。伪军一边逃跑，一边打枪，日本鬼子边追边打，一直打到半夜，月亮升起来了，月光下双方没有见到一个新四军的影子。待搞清楚是相互交火时，日本鬼子气得嗷嗷叫，骂了一通伪军，抬着伤员回去了。伪军自认倒霉，垂头丧气又回到沈塘王。

徐海东的警卫连，没有一点伤亡。“引鬼打鬼”的事情传出去以后，真是大快人心。老百姓都说杨副官（徐海东的化名）真是神机妙算。在当时还流传着一首顺口溜：罗司令会打，杨副官会算。日寇来扫荡，死伤一大半。

讲述人：王先才

搜集整理：孙　茜

对号入座

徐海东将军非常关心受到虐待的穷苦大众，下面讲一个他教育人的故事。

1943年冬天，徐海东将军住在皇甫山区太平集养病。了解到这个地方的婆婆虐待媳妇和童养媳，后娘虐待丈夫前妻所生的子女的事例较多。有的虐待的手段还很厉害，他和夫人周东屏都非常气愤。一个战士提出，要把这些人集中起来开批判会，狠狠地批斗一下。徐海东连连摇头说：“这不是个好办法，我们现在抗日，要团结一切可以团结的人。多团结一个人，就多一份力量。再说，这还是内部矛盾嘛。”“那也不能让她们就这样虐待下去!”周东屏说：“当然不能。”徐海东略一思索说：“要教育她们，使她们认识到这样虐待是错误的。可以叫部队文工团编演关于这方面内容的节目，把她们都找来看戏。看过戏后再叫妇救会出面，组织批判那些封建思想。让他们自己‘对号入座’。”周东屏非常赞同这个计划，马上就找部队文工团和地方农民业余演唱队商量。当时春节快到了，文艺宣传队正在编排节目，大家都积极支持。很快就编排出一批节目，诸如《坏婆婆》《恶后娘》等小戏和地方小调。徐海东叫人安排专场演出，把平时有虐待行为的人都叫来看戏。这些节目通过精心排练，演得栩栩如生，很打动人心。有的妇女看着看着就掉了泪。演出结束后，妇救会组织讨论。妇女们纷纷发言说，这样的婆婆、后娘太凶恶了，这样的封建思想要狠狠批判。还有的说，她自己的子女如果受虐待不知她于心何忍？讨论会上，那些虐待过媳妇、童养媳和丈夫前妻所生子女的人，暗暗自动“对号”。有的低着头，有的红着脸，大气也不敢出一声。她们都在心中暗嘀咕：坏婆婆是不是指我的，有的思量那恶后娘大概指的就是自己。她们回到家里还在想，如果我的儿女被人家虐待，我不也很气愤嘛！她们“对号”入座后，很是后悔，有的还主动到妇救会承认错误。通过“对号入座”，她们主动改掉了过去的错误做法。

讲述人：贾成军

搜集整理：孙宗贤

倒穿草鞋

在皇甫山区章广镇太平集一带，至今还流传着徐海东将军倒穿草鞋的故事。

事情发生在 1943 年夏季。徐海东将军住在皇甫山区太平集。一天下午，国民党顽固派李品仙的队伍 600 多人，突然从太平集西南的章广集方向过来侵犯。太平集坐落在岗地上，周围四五里路之内无深山密林可以隐蔽。只有东边一里多地有一片洼地叫扎草洼，里面长满一人深的茅草，能隐蔽。可是扎草洼离村庄不远，又是白天，弄不好会被敌人发现。

战士们听说敌人来了，立即做好战斗准备，担架班抬来担架，准备抬着首长转移。这时刚下过雨，地下泥烂路滑。抬着担架一来不好走，二来容易被敌人追上；顽军是徐海东警卫连人数的六倍，与敌人打，寡不敌众，硬拼要吃亏。徐海东望着外面的烂泥路，略一思索，随即命令战士们把草鞋倒穿在脚上，向太平集东南方撤退。同时他又吩咐与藕塘的新四军联络，准备消灭敌人。安排就绪，徐海东与倒穿草鞋的战士们出发了。走了里把路，他们上了通往藕塘的大道。徐海东见大道上脚印纵横交错，命令部队离开大道，向东南拐弯，翻过一个长满青草的小山梁，绕到一条小河边。沿着小河道，进入扎草洼里的草丛中。

敌人来了，先包围太平集，但到处找不到徐海东。在村头，见烂泥路上的草鞋印子头朝西北，以为徐海东向西北逃走了。顽军就发狂似地向西北方向追。他们哪里知道徐海东用的是“倒穿草鞋计”！他们跑得越快，跑的路越多，离徐海东将军就越远。徐海东和他的战士们，舒舒服服地在扎草洼休息了半天，晚上又回到太平集。

再说这支顽固派军队，顺着草鞋印子的方向，跑到藕塘附近的七里河，被得到徐海东情报驻守在藕塘的新四军埋伏部队打垮了。徐海东的警卫连，不但完成了保卫首长的主要任务，还派出两个排，拦截顽军后路，打死、俘虏了十多个国民党顽固派的逃兵。

讲述人：冒士让

整理人：孙　茜

徐海东捉“鬼”

原皇甫乡窝子李生产队打谷场的前身是徐海东的练兵场，说起这个练兵场，有一段徐海东将军捉“鬼”的故事。

当时，徐海东将军住在窝子李养病。窝子李圩墙西北半里多远是一片山岗地，岗地中间有一个大土包，因为闹过鬼，被称为“乱草岗”。土包是个制高点，站在包顶能看到村子里的情况，徐海东便在这里设了岗哨。

一天夜里，站岗的士兵发现一个人影向土包走来，喊口令，不回应；开枪打，人影一晃就没了。枪声响后，来了几个战士搜索，没有抓到人，把一只狼从草丛中惊动出来逃走了，过两晚又发生了类似事情。这件事传出去后，一些相信迷信的人认为又闹鬼了，对这个土包更加畏惧。徐海东得知此事后，不动声色坐着担架（当时他行走不便）察看了土包周围的地形，傍晚他把警卫连长找来，如此这般吩咐一番。

当天晚上天空阴暗，冷风嗖嗖，当月亮快要落下时，一个黑影从土包北边的树林中钻出来。黑影一会站起来东张西望听听动静向前走一段；一会又趴在地上往前窜。借着月色，只见它身上都是毛，两只眼睛发出绿光。正当这个怪物窜到土包顶，直立起来向村子里张望时，“砰”的一声枪响，几个声音同时高喊：“不许动！举起手来！”说时迟，那时快，话音没落，一个大个子战士，冲向怪物，把他踢倒，接着几个战士一齐扑上来，用枪托子狠打。“饶命！饶命！”怪物发出人的求饶声。警卫连长用手电筒一照，原来是个披着狼皮的人。那绿色的眼睛，是手电筒灯泡用绿布包起来的亮光。警卫连长高兴地说：“首长真是神机妙算。按照他的捉鬼计果然逮住了一个活鬼。”

经审问，这个“鬼”姓陈，是个投靠日本的伪军，是来替日本鬼子探听窝子李虚实的，企图偷袭徐海东。根据这个汉奸的交代，徐海东得知日寇在近几天有一个运输队从滁县城出发，经珠龙、大柳、磨盘山等地到定远县诚。

第二天，徐海东派出侦察员，得到准确情况后，立即告诉附近的新四军。新四军一个连和地方武装，在大柳东边桥下设下埋伏，待日寇运输队到大柳桥头时，发动突然袭击，打死打伤十几个日本鬼子，炸毁十多辆日寇军车，缴获了一批武器和药品。

新四军坚决抗日，赢得了人民的拥护。根据地的青年积极要求参军。新兵需要集训，徐海东指挥战士们，把那个好闹鬼的土包平整为练兵场。这个练兵场是徐海东将军指挥人修建的，人们称为“海东练兵场”。新中国成立后成为生产队的打谷场。

讲述人：张东明

搜集整理：孙金梅

爱民驴

徐海东将军严格遵守部队纪律，特别注重军民关系，现在讲一个“爱民驴”的故事。

1943年，他化名“杨副官”住在滁县太平集养病，与群众关系十分好。这年秋季的一天，他的警卫连天没亮就起床上操。操练场上喊杀声不断。这时该村的冒老头骑驴赶藕塘集，路过练兵场。刺杀声惊动了毛驴，老人连忙跳下来。毛驴像发了疯似地狂奔乱跑，把鞍子也掀掉了下来。战士们帮老人逮驴，一个战士不小心把刺刀在驴肚子上碰了一下。当时天还没大亮，大家都没在意伤口。老人把鞍子备上就赶藕塘集去了。赶集回来，驴累了一天，加上伤口流血倒地不起。冒老头的儿子冒士让问老人驴肚子下面怎么被刺了一刀，老人就把早上的经过说了一遍。冒士让说：“这头驴要是死了，您以后怎么赶集呢?”老人说：“死就死了呗，赶集的事以后再说。”老人又说：“新四军为咱老百姓打鬼子，战士操练误伤了一头驴有什么关系？再说，杨副官有病，俗话说‘天上龙肉，地下驴肉’，这头驴看来不得好了，不如杀掉卖肉，送几斤给杨副官补补身子。”儿子听了后说：“您老说得有理，就依您了。”老人叫儿子把驴杀了，割了最好的三斤肉，亲自送给杨副官。徐海东见到驴肉忙问：“这是怎么回事?”老人说："这是送给你补身子的。""老人家，听说这头驴是您赶集用的，怎么把它杀了?"老人说："杨副官，你就甭问了，收下吧。"老人放下驴肉就回家了。

老人走后，徐海东想，听说这头驴是冒家的命根子，是老人赶集的坐骑，为什么突然把它杀了。他叫来勤务员，要他到冒家问明情况。勤务员到冒家，老人先支支吾吾不愿讲，后来一再追问，才说出真相。勤务员把情况向徐海东作了汇报。徐海东说："你去买一头好驴送给老人家，部队的纪律可不能违反。"第二天，勤务员在集市上买了一头身架、牙口与死去的那头都差不多的驴送给老人。老人再三不愿意收，并说自家的驴受伤被杀与战士无关，如果及时找兽医治疗也许就不会死了。这头驴送来送去弄了两三次。最后，勤务员说："老人家，部队的纪律是铁的，我们不能违反；再说，我们部队也用不着驴，您还是收下吧，不然杨副官就生气了。一生气，对他养病不利，万望老人家收下。"老人无奈，只好收下这头驴。为了记住这件事，老人把这头驴叫做"爱民驴"。

讲述人：冒士让

搜集整理：孙宗贤

副官训司令

副官训司令，讲的是徐海东将军在皖东津浦路西抗日根据地“激将”的一个故事。

徐海东与罗炳辉在皖东初建抗日根据地时，都先后担任新四军江北指挥部副指挥。徐海东兼任四支队司令员，罗炳辉任五支队司令员。1941年四、五支队合并组建二师，罗炳辉先任副师长，后任师长。但是根据地老百姓都一直称他为罗司令。徐海东因积劳成疾，肺病复发，卧床不起，化名杨副官，在津浦路西的皇甫山区一带养病。徐海东虽没有在二师任职，但罗司令很佩服他的指挥作战才能，军事上罗炳辉尊重徐海东的意见，生活上也处处关心他。根据地的老百姓说，每年过年，罗司令都来给杨副官拜年，逢到节日或者是打了胜仗，总要带些礼物来看望杨副官。

1943年的秋天，国民党有一股顽固派军队500多人窜到定远县桥头徐，趁新四军二师主力东进之际，侵占路西抗日根据地。罗司令得知这一情况，十分气愤，立即调兵遣将，攻打桥头徐。徐海东虽病倒在床上，仍然时时关心根据地的战斗情况。在罗司令出兵之前，他就派人侦察过桥头徐。那里地形复杂，进村之路七弯八拐，村两头都是开阔地。这样的地形如果硬攻，搞不好要付出较大代价，用计把敌人引出来打是上策。徐海东派人把上述情况告诉罗司令时，进攻桥头徐的战斗已打响了。

果不出徐海东所料，进攻桥头徐的战斗不怎么顺利。在村前开阔地的激战中，我方伤亡二十几名战士。在争夺一个高地时我军又有伤亡。最后，虽然攻下了桥头徐，但敌人的主力却逃跑了，没有达到消灭敌人有生力量的目的。罗司令接到战报，回想着徐海东的来信，恨自己不够冷静。战斗一结束，他就急匆匆从师部藕塘赶到太平集徐海东的住地。一来看望老战友，二来做“轻敌”思想的检讨。为了表示自己接受教训的诚意，他走到离太平集一里多路远的北窑就下了骡子。当地老百姓回忆说，罗司令身材魁梧，平时两条骡子轮换着骑。只见他那天拉着两条骡子，步行到太平集徐海东的驻地，又自己动手把骡子拴在门前树上。

徐海东住的是四合院房子，罗司令进到院子里，就脱下军帽，立正站着。警卫人员见罗司令来了，连忙进去报告。徐海东的夫人周东屏连忙倒了一杯开水，准备招待客人。可是徐海东一声不吭，放下自动升降的床，闭上眼睛睡了。周东屏往外看看，只见罗司令低着头，一动不动地直立着，就像一尊雕像。初秋的太阳，晒得他汗珠从身上、脸上往下滚，汗水浸透了军装。周东屏把罗司令请到徐海东的床边，徐海东翻身脸朝床里不予理睬。周东屏实在不过意，把开水递给罗司令。罗司令喝完开水，徐海东仍然没有看罗司令一眼，只是慢慢地说：“炳辉同志，不能轻敌呀！敌人已窜到肥东县的大塘赵，快回去调集力量消灭他们。”罗司令已明白了今天受冷遇的原因。答应一声：“是!”行个军礼，转身就走了。

罗司令一走，周东屏就埋怨起丈夫对战友的态度，徐海东从床上坐起来，笑着说：“我这一激，你就等着大塘赵的胜利消息吧!”周东屏和警卫战士这才明白徐海东用的是“激将”法。这件事传出去，老百姓都认为：副官比司令职务大。有的还添枝加叶，描绘罗司令被杨副官“训”的情形。

罗司令回到驻地后，立即派人侦察大塘赵一带的地形和顽军兵力部署情况。两天过后，侦察员带回来敌人活动情况与大塘赵一带的地形图。一切准备工作就绪，这天晚上罗司令下达了战斗任务，命令十六团的二、三两个营从东、西两路合击大塘赵，一营作为预备队相机策应。他亲临前线指挥部，不断与三个营保持联系。在夜幕的掩护下，我军十六团将士，一路急行军，神不知鬼不觉迅速运动到大塘赵。接近顽军据点时，部队停下来。三连张连长带领两个熟悉情况的侦察员，向敌人岗哨悄悄靠近。下半夜，快换岗时，顽军站岗的哨兵正在打瞌睡，张连长和侦察员以迅雷不及掩耳之势，生擒了哨兵。张连长把顽军哨兵押到隐蔽处审问，得知顽军兵力分布与我方侦察的情况相吻合。于是，张连长把顽军哨兵堵住嘴捆起来。罗司令见时机成熟，立即发出进攻信号。两路勇士同时开火。一时间枪声大作，喊杀声、手榴弹的爆炸声连成一片。顽军正在睡大觉，被这突然的袭击打得措手不及，只是一个劲乱放枪。我军发起强攻，罗司令亲自端起一挺轻机枪扫射，在我军强大攻势下，顽军步步溃退。经过两个多小时的激战，我军攻破了敌人据点。这一仗，打死打伤顽军 100 多人，俘虏 80 多人，还缴获大批枪支弹药，拔掉了我路西根据地西边的一个钉子。

战斗胜利后，罗司令又来到太平集，这次和上次大不一样了。徐海东一边喊："快请进来！"一边下床迎接。罗炳辉大步走到床前，扶住老战友说："多亏你这一激呀！"徐海东说："委屈你了。"说完俩人哈哈大笑，又和从前一样亲切地交谈起来。

讲述人：冒士让

搜集整理：孙金梅

一件棉大衣

徐海东将军在战场上、练兵场执行军纪时对官兵要求严格，可是在生活上却十分关心士兵。在皇甫山区至今还流传着一件棉大衣的故事。

1944 年冬的一个寒冷夜晚，在太平集徐海东住处的二门口，有一位十五六岁姓徐的小战士在站岗。他身体瘦弱，衣服单薄，在这冰天雪地里站岗有点吃不消。个把小时后，他浑身冻得冰冷，上牙直打下牙。他想到部队站岗责任重大，不到换岗时绝对不能离岗。于是振作精神，咬紧牙关坚持着。可是站着站着，脚手冻得麻木，失去了知觉。“咚”的一声，大盖枪掉到冰冻地上。随后小战士也倒了下去，声音虽然不大，却惊醒了在房里的徐海东。他喊来警卫连长，问外面什么响声。警卫连长到门外一看，见小徐冻倒了，忙把小徐抱进屋里放在自己的床上。

徐海东出来了，帮助把小徐的衣服脱下，把他放进被窝里。把自己的棉大衣盖在他身上，又端一盆炭火放在床边。小徐睡好后，徐海东问连长：“今晚谁派小徐站岗的？”连长说：“是他自己要求的，我就同意他了。”“他要求也不行嘛，我曾告诉过你，应多照顾小徐，不要站岗。今夜小徐如出差错，拿你是问！”警卫连长不敢作声，替小徐站岗去了。

原来小徐叫徐继宏，是皇甫山区人，他父亲是我党地下交通员，这年秋天，在执行任务时不幸牺牲。徐继宏弟兄俩，他是老大，为了替父亲报仇，母亲亲自把小徐送给徐海东参加新四军。徐海东见小徐年龄小就把他留在身边。徐海东本来就爱兵如子，又加上小徐是烈士的后代，倍加关心爱护。

第二天一早，小徐醒来了。徐海东就把那件棉衣送给小徐穿。小徐知道徐海东将军是个“老病号”，怎么能要他的棉衣呢！又把棉衣送了回去。徐海东派人又把棉衣送给小徐。小徐怎么也不愿意收，他趁徐海东出门有事，再次把棉衣送回来。

徐海东回来看见棉衣，想了一下，派人把小徐喊来。徐海东拍着小徐的肩膀说：“你年龄小身体弱，在部队吃不消，我已决定送你回家。”

小徐一听送他回家，哭着鼻子说：“我要替父亲报仇，死也不回家!”

徐海东笑着说：“你死了，怎么能报仇呢?”停了一下，徐海东严肃地说：“当兵要听命令!”

“我听，我听，我什么都听!”小徐揉揉眼说。

“你听命令就好。”徐海东拿起棉衣说，“把它穿上，不然冻坏了身子怎么打敌人?”

小徐明白了徐海东的用心。双脚立正行了一个军礼，答应一声：“是!”穿起棉大衣就走了。

小战士徐继宏把这件棉大衣看得比生命还贵重。后来，虽然历经战火与风雨，棉衣变得破烂不堪，但小徐一直把它珍藏在身边。

讲述人：贾成军

搜集整理：薛如勤　汪功雹

罗炳辉威风凛凛过铁路

抗日战争时期，罗炳辉将军先后任新四军江北指挥部副指挥兼五支队司令员、新四军二师副师长、师长等职。他在皖东根据地时，打鬼子的故事有很多，下面就讲讲他威风凛凛过铁路的故事。

津浦铁路是南北交通大动脉。抗日战争期间，沿线驻有日伪重兵。淮河以南段敌人还在路边建碉堡、设岗哨，一方面为了保卫其运输安全，另一方面也为了切断我军皖东根据地路东、路西的联系。为了打通敌人封锁线，保障路西、路东来往畅通，1942 年 6 月我军路西地委决定成立铁路保卫大队，任命阮官清为大队长，张翼中为教导员。他们以滁县的大柳、曲亭一带为基地，活动在滁县至嘉山县张八岭一线的铁路两侧。

1943 年农历正月十五日，罗炳辉司令（曾任新四军五支队司令员，路西根据地人民一直称他罗司令）与夫人张明秀一行，在大队长阮官清与几个队员的护送下，由滁县西部前往津浦路东。罗司令个子高大，身材魁梧，行动时用两匹骡子轮流乘骑。这天吃过晚饭后，罗司令一行从大柳交通站出发，向铁路边走去。约十点多钟，到了离铁路二三里路的交通站李伍同志家。稍事休息后，阮官清大队长等人陪同罗司令一行从目标较小的黑桥洞附近过铁路。尽管他们小心谨慎向前走，但是夜深人静，皓月当空，两匹骡子和十几个人行走还是有响声，也容易看得见。罗司令一行刚要过铁路，就被碉堡里的伪军发现了，顷刻间几个伪军提着枪跑来。阮官清立即站到高处挥挥手。伪军看到阮官清，立即心领神会，装着没看见他们。

翻过铁路，罗司令勒住了缰绳，从骡子上下来，对阮官清说："你们的统战工作做得不错啊！你把巡逻的叫来。"月光下，只见阮官清招招手，便来了几个伪军。阮官清介绍说："这是新四军的罗司令。"伪军猛吃一惊，两腿发抖，连忙举手向这位叱咤风云、赫赫有名的战将敬礼。

罗司令和蔼地说："你们辛苦了，感谢你们保护我们过路，这也是支持抗战，希望你们不要忘记自己是中国人。"接着又问起他们家乡、姓名、家庭情况。谈完话，罗司令叫副官给他们每人一块大洋，几个伪军十分感动，连声称谢，并请首长放心上路。

罗司令刚走不远，来了几个手持红、黑木棍查路的日本鬼子。巡逻的伪军立即迎上去说："没事，是几个生意人过路。"并把他们拉去喝酒。罗炳辉就这样顺利地通过敌人封锁线。抗战期间，罗炳辉能多次通过津浦铁路，阮官清的铁路保卫大队功不可没。

根据有关资料和老人讲述编撰

搜集整理：汪宗文

罗炳辉刀劈铜钱

1942年春节，罗炳辉等人去给在滁县皇甫山区窝子李养病的徐海东将军拜年。下午军民联欢，演出文艺节目。徐海东、罗炳辉等首长与警卫战士一起观看。演出快结束时，有人喊："欢迎罗司令来一个！"

"噼噼啪啪！"全场响起来了经久不息的掌声。

罗司令连忙站起来说："我生得拙笨，既不会唱，又不会跳，来什么呢？"

"耍大刀！"几个年纪大的老人喊道。

在徐海东将军的怂恿下，在一片掌声中，罗炳辉司令站起来说："我给你们表演刀劈铜钱怎么样？"

"好！"在场的军民异口同声回答。

罗司令脱掉棉外衣，紧了紧裤腰带，手提一把警卫员递过来的大刀，快步走到场子中间，他叫两个战士抬来一个大树墩，放在场子中央。树墩上摆放一叠铜钱，一共10枚。罗司令说："再添几枚。"人群中又送来4枚。罗司令问："还有没有？"在场的一个青年又送上2枚，一共16枚铜钱。罗司令把这16枚铜钱摞得整整齐齐后，举起大刀，在空中挥舞起来，只见刀光闪闪，全场鸦雀无声。挥舞一阵后，罗司令屏住呼吸高举大刀，对准铜钱，眼见一道寒光，耳听咔嚓一声，罗司令手起刀落，一下把16枚铜钱劈成32个半块。观众们个个全神贯注观看，只见大刀不歪不偏，正好劈在铜钱中心。顿时整个场子沸腾起来，喝彩声、鼓掌声经久不息。

“再来一个!”掌声过后人们又齐声喊起来。

在大家的要求下，罗司令又作射击瞄准表演。他端起一挺日式轻机枪，枪头再挂上一支三八大盖枪，一动不动站着瞄准，大约有半个小时。“好臂力!”当罗司令面不改色心不跳地放下枪时，全场又是一阵掌声。

讲述人：戴厚庭

搜集整理：汪宗文

罗炳辉枪打麻雀头

为壮大抗日队伍，路西根据地青年纷纷报名参军，新四军很快招收了一批新战士。为了对他们从严训练，罗炳辉示范枪打麻雀头来教育战士。

1941 年秋季的一天，二师部直属队集中部分新战士，在滁县常山乡得胜汪村庄的山头上训练打靶。“卧倒，身子挺直，三点成一线，瞄准，射击!”教官在一旁一边做示范，一边教新兵打靶，“砰！砰！砰!”战士们相继开枪射向靶子。七环！八环！训练场气氛热烈。不少人觉得训练时间虽然不长，但成绩还不错，有点沾沾自喜。

正在这时，罗炳辉司令员骑着大灰骡子路过训练场地。他看到有的战士打七八环就有点自满，立即跳下骡子。警卫员把骡子拴在附近的一棵大朴树上。正好树上有两只斑鸠在“咕咕咕”叫。罗司令问：“你们哪个能把斑鸠打下来?”战士们你望我，我望你，都没有吭声。罗司令见没有人回答，从身上拔出手枪，“叭叭”两下，两只斑鸠“扑通、扑通”从树上掉下来。

正在这时，天空中飞来一群麻雀，有个新战士说：“罗司令，您再打只在空中飞的麻雀，让我们开开眼界好吗?”

罗司令端起一挺轻机枪说：“好，我用机枪，打最前头一只麻雀的头部。”说着，“叭”的一声，从空中掉下来一只麻雀。战士们捡起来一看，果然击中了麻雀头部。

“好枪法，真是神枪手啊！”战士们一齐称赞起来。

罗司令收起枪，对战士们说：“我今天用机枪打麻雀头，不是想在你们面前显示我的枪法，而是想告诉你们，要从严训练，练好打鬼子的本领，做到弹无虚发，射中靶子的红心，不能只打七环八环就自满起来。”

听了罗司令的话，新战士们都惭愧地低下头。此后，他们更加严格要求自己，苦练杀敌本领。

讲述人：王先才

搜集整理：汪宗文

比赛爬山

在皇甫山区至今还流传着罗炳辉司令员与战士比赛爬山的故事。

1942年夏天，罗炳辉司令从定远县藕塘到滁县皇甫山区窝子李徐海东将军处。罗炳辉到达时，徐海东正坐在能够升降的椅子上，看警卫战士比赛爬山。两位战友见面后，一边说话一边观看。

第一轮比赛结束后，罗司令对着汗流满面的战士们说："你们累不累？再来一次，我也参加比赛怎么样?"

"好!"战士们异口同声地回答。

"但要有个条件!"罗司令说。

"什么条件！请司令讲。"警卫连长说。

"就是要负重爬山，每人背30斤重的东西怎么样?"

"行!"战士们在身上束起手榴弹，扛起三八大盖枪，背了大约30斤重的东西。罗司令除了带上与战士们同样多的手榴弹外，还抓起一挺轻机枪扛在肩上，警卫连长说："你扛这个（轻机枪）不是比大盖子枪重吗?"

罗司令说："条件是我提的，应该多加一点重量。"

罗司令今天为什么要比赛爬山？因为前不久，师部的学兵连与徐海东的警卫连比赛射击，当时学兵连输了，徐海东的警卫连有些得意。罗司令今天提出比赛爬山，一来是巧合碰上的，二来是想煞一煞警卫连的傲气。

他们比赛爬的山是皇甫山西北边的一个山头，高300余米，山坡较陡，长满荆棘。罗司令与战士们都做好准备后，“预备——出发！”徐海东一声令下，罗司令和警卫战士一起像离弦的箭，直向山顶爬去。徐海东的警卫战士都是选拔来的，个个身强力壮，像猿猴似的，呼呼地往山头直冲。罗司令虽然身材魁梧，但步伐矫健、敏捷。经过一阵攀登，罗司令最先登上山顶。战士们汗流浃背，爬上山顶时，对罗司令的爬山速度既敬佩又不解。

在山顶上休息时，一个战士问：“罗司令，你走路要两匹骡子轮换着骑，今天你扛的机枪又比我们扛的三八大盖子枪重，为何爬山这样快？”

罗司令哈哈大笑：“这座山比起长征路上的乌蒙山、夹金山，简直就是小土丘，这大概就是百炼成钢吧！”停了停，罗司令又说：“今天比赛爬山，就是给你们加压，你们警卫连主要任务是保护杨副官（徐海东的化名），情况来了，不抬着他快走怎么办？所以我们平时训练也要想到战时，有点成绩也不能自满呀！”

战士们听了罗司令的话连连称是。

讲述人：戴厚庭

搜集整理：汪宗文

何伟送子

何伟同志曾任国家教育部部长，原滁县常山乡一带流传何伟同志为了革命把亲生儿子送给当地老百姓抚养，而这个小男孩又不幸夭折的真实故事。

1939 年何伟任新四军四支队政治部主任。当年底到达皖东津浦路西根据地时，何伟妻子在此地生了个儿子，才几个月就长得十分讨人喜欢。可是当时战争频繁，1941 年他又调离路西，新的工作地方在淮北，路途较远，路上带小孩通过敌占区有困难。他离开皖东之前，通过常山乡得胜汪村教私塾的汪先生，把儿子送给村妇抗会主任张荣华抚养。张荣华经常送自己的小孩到汪先生的私塾读书，何伟夫人所在的卫生队有一段时间在汪先生家附近，因而何伟夫妇都熟悉汪先生，也认识张荣华。张荣华有四个子女，小四子叫童兴宝，当时 3 岁还在吃奶。张荣华就把何伟的儿子叫小五子，并断了自己儿子小四子（童兴宝）的奶，给小五子吃。

张荣华是尽心尽力扶养小五子的。1946 年新四军北撤后，她提心吊胆，怕被国民党反动派知道，为了防止被反动派查出来，对外就说小五子是自己亲生的。根据地人民都热爱新四军，认识何伟的人都说他是好人，也没有人说出这件事，所以反动派没有查出何伟的儿子。

张荣华扶养何伟的儿子也吃了不少的苦。她子女多，家里生活困难，但她想办法也要给小五子吃好一点。她下田干活，一手抱着小五子，一手拉着自己的儿子小四子，有时用箩筐挑两个小孩，一头坐一个。小五子在张荣华精心扶养下，长得活泼可爱，认识何伟的人，都说长得像何伟。小五子 8 岁时，也就是 1949 年春天，这一带脑膜炎流行，张荣华所住的村庄叫东尹，不几天时间死掉 3 个小孩。这一天小五子高烧，喊头痛，张荣华急得吃不下去饭，睡不着觉，立即找当地郎中治疗。可是乡下的土郎中用中草药治不好脑膜炎，小五子不幸夭折了。张荣华大哭一场，把小五子安葬了。

1949 年 10 月，新中国成立后。何伟来信询问儿子并说过些日子来接儿子。张荣华又哭一场，含着泪请人回信，把儿子夭折情况告诉何伟，还表示愿把小四子童兴宝给何伟做儿子。

何伟夫妇听说儿子不在了，悲痛的心情做父母的都是能体会到的，但何伟毕竟是领导干部，思想境界高。他通过地方政府，了解到儿子的死因与张荣华信中所述一致时，含着泪给张荣华写信，安慰她不要悲伤，不要内疚。

1950 年他又通过滁县人民政府给张荣华十几担大米（一担大约 160 斤）作扶养小五子的费用。以后二人常有书信往来。何伟任国家教育部部长期间，还给张荣华写过信。“文革”初期，他的女儿何生，曾给张荣华的儿子童兴宝寄来一本毛主席语录。

讲述人：汪承亮　童兴宝

搜集整理：孙金梅

单志伊故事

单志伊是南谯区珠龙镇人。在他的家乡至今还流传着他见义勇为、不畏强暴，真诚相助革命的故事。

智救李克农

单志伊是清末举人，1904年留学日本，受到孙中山革命思想熏陶，加入了兴中会，并任孙中山秘书兼日语翻译，追随孙先生奔走效力。1914年回国后，他先后在安徽黎霞关、珍珠关、芜湖关等海关任关长、监督等职。

单志伊在芜湖期间，芜湖警察局局长喻为樵为取得社会名流的支持，特聘他为顾问。1927年蒋介石叛变革命后，残酷屠杀共产党人。一天，芜湖警察局奉命捕杀芜湖大官山民生中学李泽田（即李克农，新中国成立后曾任外交部副部长）、钱杏邨（阿英）、宫樵岩（又名王少春）等数名师生。因单志伊是民生中学的董事长，该校校长马景常是单的女婿，警察局局长喻为樵故意在抓人前到单家先与单志伊打招呼。单志伊得知后，他急中生智，忙说："局长，稍坐，我叫人削点梨子来。"说罢立即起身巧妙派人秘密通知李克农等人当晚离开学校，连夜过江到裕溪口，并提取现金派人送往裕溪口，给李克农等人作盘缠。喻为樵当夜抓捕扑了空。第二天清晨，赶到单志伊家。一见单志伊就说：“昨晚和你合计的事，人全跑光，一个也没抓到。上峰追查下来，不好交待啊！当时我只告诉你一个人的。”单志伊把脸一沉：“你这是什么意思，怀疑是我通风报信的？你把我铐走好了。”喻为樵没有抓到单志伊的把柄，无可奈何。但事隔不久单志伊的“顾问”一职被免去了。

红色电波出单家

1934年，单志伊来到上海，筹建大公布厂，仍暗中接济共产党人。1935年，单志伊的长子单惠民在上海华德路太和里14号挂牌行医，名为“单惠民医师诊所”。

1937年的一个晚上，李克农突然来到单家，与单志伊先生及其长子单惠民作了一席长谈。他告诉单志伊，为了工作便利，组织上考虑以单志伊先生的特殊身份和背景作为掩护，举家搬迁福熙路（现延安中路）一栋三层小楼的临街房子内。其中底层作为诊所，门口挂着“单惠民医师诊所”的牌子；二楼为单家居住；三楼设立我党秘密电台。单志伊父子当即同意。数日后单家来了一个青年，这位年轻人就是《永不消逝的电波》中主人公李侠的原型李白。李白，化名李静安，在单志伊家居住一年多。生活上、工作上受到单家不少帮助，为我党发出很多重要电波。

秘密电台不宜在一个地方长期设立，以免遭到敌人破坏。李白走了后，相隔一段时间，就是1946年5月，地下工作者潘汉年带着李克农的信来到单家，商谈在单家再设立秘密电台之事。单志伊表示：一如既往做好这项工作。于是单家又搬到贝勒路（现黄陂南路）租房子居住。在我党安排下，杜松一、李萍两人组成家庭，在单家设立秘密电台。他俩在单志伊父子掩护下，为中国革命发出很多红色电波。直到1947年两人才撤离单家。

上海解放后，党和地方政府妥善安置了单志伊一家的生活。中央有关部门还派专人前来慰问单志伊，并赠送周恩来总理亲自批发的慰问金。因单志伊年事已高，又有病卧床，未能为人民政府做事。新中国成立后，杜松一（邓国军，曾任电子工业部司长）、李萍（林影）也从北京特地赶到上海，看望单志伊先生及其一家人。李白烈士的夫人裘兰英，在电影《永不消逝的电波》拍摄期间，先后几次和有关人员来到单家，了解有关情况，协助完成电影拍摄任务。

历史的长河不断流逝，但单志伊的故事却难以磨灭。

根据有关资料与知情人讲述编撰

搜集整理：徐舟

阮官清故事

阮官清出生在河南省一个贫苦农民家庭，曾任我党领导的农会干部。抗日战争时期落户今南谯区施家集。下面讲述他保卫新四军首长过铁路、夺取日本人物资和立场坚定、英勇献身的几个故事。

保卫首长过铁路

阮官清居住在施家集时，积极参加抗日工作，多次出色完成党交给的任务。1941 年，他加入中国共产党。第二年 6 月，中共津浦铁路南段工作委员会（简称铁路工委）和铁路保卫大队建立，阮官清任工委委员兼铁路保卫大队大队长。他以大柳一带山区为基地，经常活动于铁路两侧，保证津浦线路东和路西根据地交通往来的畅通。当时铁路沿线反动势力交替：有日伪军、土匪、国民党特务，还有反动组织——三番子。为了做好铁路保卫工作，阮官清在伪军中开展统战工作，团结利用他们一致抗日。对坚持为敌的，则坚决打击。阮官清曾利用“拜寿”之机，将张八岭伪自卫队长张西汉逮捕，为民除害。又利用关系做伪军、土匪的瓦解工作，并取得成效，从而在日军的眼皮底下开辟了一条安全可靠的交通线。他先后护送徐海东、罗炳辉、谭震林、曾山、魏文伯等领导人安全过铁路。我方人员过铁路时，有整营整团的，有时运输队几百副挑子，在铁路保卫大队的护送下，也都平安无事。

为我军补充供给

津浦铁路是交通大动脉，这个线上装满各种物资的日军列车频繁来往，为了给新四军补充给养，阮官清带领铁路保卫大队扒日军过往货车为我部队提供急需物资。1943 年春天，路西军分区枪械所试制枪榴弹急需用煤，阮官清就带领队员扒日军的运煤火车，一个晚上扒煤 200 多担，并发动铁路两侧群众把煤挑到军分区，一担煤换一担稻子，几个晚上就挑完了所扒煤炭，解决了制造枪榴弹的用煤问题。又有一次，路西根据地盖房子缺少毛竹，正好日军在车站盖防空走道运输大量毛竹。阮官清带领铁路保卫大队搞日本人毛竹，再发动群众把毛竹送到路西根据地，一根毛竹换五升稻子。1943 年秋天的一个晚上，阮官清得知日本人运武器南下，他命令 4 个会飞车的队员，在沙河集火车站北边扒上火车，两个队员打开闷罐车"天窗"，进入车厢把枪支子弹从"天窗"往处递，车顶上两个队员接过武器往下扔，阮官清在路边组织搬运。快进滁县站时队员们全部跳下火车，在不知不觉中为新四军提供一批枪支弹药。

立场坚定英勇献身

阮官清革命立场坚定。在国民党顽军向路西根据地发动全面进攻时，他有一个曾跟自己学铁匠手艺的徒弟华辅成（时任沙河盈福寺乡副乡长）在叛变投敌后，到荒冲子诱劝阮官清投奔国民党。阮官清十分气愤，训斥之后当场将华辅成击毙。

1946 年 5 月，国民党顽固派集中 9 个团的部队进攻淮南津浦路西根据地。阮官清带领路西分区交通大队，随定滁全县县长罗应生坚持在今南谯区花山乡一带打游击。24 日清晨，队伍行军到全椒县石沛桥的白庙张宿营时，被国民党顽军保安团柏承君部包围。阮官清正在山坡上侦察敌情准备突围时，被敌人子弹射中。在生命垂危时，他将手中的枪交给警卫员说：

“你们快走，别管我!”部队突围后的第二天夜晚，战士们冒着生命危险，返回白庙张找到他的遗体，见他胸部中了4颗子弹，还被敌人戳了几刀。当时阮官清的遗体被安葬在江家凹（白庙张）附近。

根据相关资料和知情人讲述编撰

搜集整理：孙怀发

翻穿棉衣打鬼子

翻穿棉衣是新四军用计谋打日本鬼子的故事，讲起来很精彩，至今仍在常山岭一带流传。

1940年初，皖东津浦路西根据地一连下了几场大雪，地面积雪厚达一尺多深。瑞雪兆丰年，根据地人民正在欢欢喜喜准备过春节。就在这时，驻滁县县城和珠龙桥一带的日伪军600多人，经施家集向路西根据地的东南边常山岭一带“扫荡”。新四军驻常山岭地区的二师五旅十三团奉命打击敌人。这一战斗的胜负关系到敌人后续进犯行动，关系到根据地的巩固，也关系到人民群众能否安安稳稳过大年。

团长林英坚接到命令后，立即沉思这一战如何打。面对一望无际的厚厚白雪，林英坚团长决定用“翻穿棉衣计”迷惑敌人，守株待兔袭击日伪军。作战方案确定后，林英坚团长到常山岭东边、通往施家集的道路上选择有利地形后，调集全团主力投入战斗。他命令一营打伏击，二营在道路口围堵，三营的一个连在外围设防，并作预备队。下达作战命令时，他要求参战人员把棉衣翻过来穿，战士们立即按计划行动。

我军侦察兵报告敌人已经行动后，林英坚团长和战士们一起翻穿棉衣、翻戴军帽进入阵地，呈扇形埋伏在一段狭长地带的两边山坡积雪里。

翻过来的棉军装和雪的颜色一样，让人分辨不出来。空旷的雪野静悄悄，泛着一片刺眼的白光。

我军埋伏下来不多时，敌人就过来了。300多个伪军，摇摇摆摆，一个个弓着腰，背着枪，踏着积雪，在前头开路。300多个日本鬼子兵，放下帽子和耳捂子防冷，冷风一吹，帽耳一煽一煽的，伪军与日军相距约半里路。伪军进入我军埋伏圈时，战士们睁圆眼睛握紧枪，忍着严寒趴在雪窝里一动也不动。又过一会日寇大摇大摆走过了，战士们热血沸腾起来，大家忘记了寒冷，全神贯注着敌人的行动并瞄准目标。当日伪军全部进入我军张开的“口袋”时，隐蔽在山坡上一块大石头后边的林英坚团长“砰”“砰”开了两枪。“冲啊!”“杀啊!”战士们从雪窝里一跃而起，犹如天降神兵，从山坡上冲杀出来。霎时，长枪、短枪、轻机枪，一齐开火。

这突如其来的袭击，打得敌人慌乱成一团。有的还没摸清是怎么回事，小命就归天了。慌乱中日伪军连忙趴在地下放枪顽抗。我军居高临下，密集的火力打得敌人抬不起头来。激战半个多小时，日寇见势不妙，掉头就跑，但退路已被二营战士堵住。日军后退无路可逃，又调头拼死往前冲，企图与伪军汇合。林团长瞄准其指挥官，一枪把他打倒栽进雪窝里。敌人失去指挥，顿时混乱起来。我军抓住战机，发起冲锋，只见二三里路长的山谷里刀光闪闪，杀声阵阵。洁白的雪地，出现一个个黑洞，一块块血斑。一阵拼杀，鬼子拼命住回逃跑，伪军见鬼子逃走，也四散逃窜。下午时，战斗胜利结束。

这一仗打死打伤日伪军50多人，缴获长短枪60多支，还有子弹、东洋刀等一批军用物资。林团长和战士们直到傍晚才回到驻地。第二天一早，根据地人民敲锣打鼓慰问子弟兵。

“翻穿棉衣计”取得的胜利又一次粉碎了日寇向路西根据地的“扫荡”，并使得日寇在一段时间内不敢再轻举妄动。

根据有关资料和老人讲述

搜集整理：史志文

关山洞捉鬼子

关山洞，是当地人对清流关的称呼。清流关建于南唐，洞长十几丈，夏季洞内凉风阵阵。大凡上得关山的行路人，都习惯在洞内歇凉。关山洞又是当时从珠龙桥一带往滁城的必经之路。这里曾发生过九个鬼子被活捉的故事。

那是 1944 年午收以后，我军滁县总队在滁县城西的关山一带扩充了一批新兵，但缺少枪支。这天上午，总队独立营范黄录营长正在营部商量这件事时，得到滁县城内伪军大队长黄匡世部的“内线”送来的情报：“驻珠龙桥据点的鬼子明天将换防，明天中午可能有八九个鬼子经关山洞步行回滁县城。”县总队立即将这个情况报告新四军二师四旅，准备在关山洞捉鬼子，将缴获的武器武装新兵，并请求援助。

四旅梁从学旅长派特务连邓连长带领号称“机灵鬼”的小李、小张两个战士连夜赶到关山，与范黄录营长一起行动，并派部队监视珠龙桥方面的敌人。邓连长与范黄录等人分析“内线”送来的情报，在一起制订了一个在关山洞捉鬼子的战斗计划。还决定这次行动由邓连长指挥，范黄录营长接应。

我军获得情报的第二天，临近中午时，关山洞内陆陆续续来了二十多人歇凉。有打柴的，有挑东西的脚夫，有挎篮子赶集的，还有两个农民煮了两锅白糖枣子稀饭在叫卖。中午时分，太阳像火球，晒得大地一片灼热。从珠龙桥据点换防回滁城的九个鬼子兵扛着枪，中间的小军官跨着一把东洋刀。他们敞开前胸，踏着崎岖不平的石板路，一步一步往关山洞爬。

从珠龙桥上关山洞，要走步步高的八里山坡路，鬼子走进山洞时，个个满头大汗，口中喘着粗气。关洞内凉风习习，他们不约而同地停下来休息。当发现红枣稀饭时，口中干渴的鬼子不问价钱坐下来就吃。鬼子吃稀饭时，大多把枪坐在屁股下，蹲着吃的则把枪背在身上或靠在身上。

正当九个鬼子兵狼吞虎咽喝稀饭时，一个身材魁梧的“脚夫”忽然站起来，手一挥，大喝一声：“上!”只见在洞内歇凉的打柴人、生意人、赶集的，一齐行动，两个人对准一个鬼子，还有八个人从柴挑子里取出短枪、大刀、手榴弹等武器，把住两边洞口。原来这是新四军四旅的邓连长带领滁县总队战士在此捉鬼子。那个身材魁梧下命令的“脚夫”就是邓连长。

说时迟，那时快，邓连长一声令下，机灵鬼小张与一个大个子战士，一个箭步冲上去把正在喝稀饭的鬼子小军官擒获。原来，战士们在鬼子盛稀饭时，就已相互示意，两人瞄准好一个目标。在小张擒鬼子的同时，大家都一起朝目标冲过去。邓连长则与机灵鬼小李带几个战士分别封锁住两边洞口的出路。鬼子正在喝稀饭，遭到突然袭击，大部分被我军战士一下子就抱住缴了枪，按在地下被制服。有两个眼明手快、身上长着横肉的家伙，见我战士冲来，把手中稀饭泼向我战士，抓起枪像兔子一样往外窜。往北边洞口跑的，被小李一刀砍中右背，这个家伙“哎哟”一声，枪掉在地下，两个战士一齐上去将其擒获。往南洞口跑的鬼子，邓连长迎面一脚将其踢倒，随即用手枪对准他的胸膛，鬼子倒在地上不敢动，当即被捉住。还有一个在洞中被抱住的鬼子，拔出匕首反抗，一个战士抓起做生意的秤砣，当头一下将其打晕……前后只有几分钟时间，九个鬼子全部当了俘虏。邓连长十分高兴，带领战士们迅速转移到附近的密林深处与接应的范黄录营长汇合后，邓连长才带人押送活捉的日本鬼子到四旅旅部。

根据有关资料记载

搜集整理：汪宗文

两农民打死日本兵

在沙河镇盈福寺西边有个董洼村民组，在董洼村庄西北有一个地方叫“打死鬼子”的地方，这一带至今还流传着抗战时期盈福寺村民打死日本兵的故事。

据本地何清秀老人说，日本兵侵入中国实行杀光、抢光、烧光“三光”政策。当时沙河集人民都跑到山里逃避鬼子的伤害。大约在1939年8月的一天，一名日本兵孤身到了当时小董洼村庄。这个鬼子进屋时把枪放在屋外墙根靠着，被当时进山砍草的盈福寺村民晁大个子和余聋子两个人发现。晁、余两人交耳商量后决定弄死这个作恶的鬼子兵。晁大个子拿起鬼子靠在外墙的枪，对着从屋里出来的鬼子。因不会用枪，在鬼子过来夺枪时，余聋子拿起挑草的扁担打日本兵。敌人反抗，两人合力将鬼子打死。为了不让日本兵尸体暴露，两人把死鬼子放在花水沟里，用树枝干草给烧掉了。这个当时打死鬼子的地方被当地人称为“打死鬼子”，这个称呼一直流传至今天。

讲述人：何清秀

搜集整理：杨义荣

杨志玉怒杀鬼子兵

说起杨志玉怒杀鬼子兵，滁城郊区担子、腰铺一带的老人们口口相传，无人不晓。

担子街西两公里，在通往腰铺的要道上有一个村庄叫石狮子。村北头住着一户杨姓人家。主人杨志玉当年不到三十岁，身高一米八，正值身强体壮、血气方刚的年龄。1938 年春夏之交的一天傍晚，杨志玉干活回家，只见一杆长枪靠在自家大门旁边，家里隐约传来哭闹声，他推门一看，一个日本兵正在做坏事。杨志玉怒不可遏，他顾不得多想，顺手抄起靠在门旁的挑水扁担向日本兵后背打去。正要得手的日本兵被这突如其来的扁担打懵了。他扭头一看，只见一个彪形大汉正瞪着血红的眼睛，高举着扁担向自己砸来。这个训练有素的日本兵反应也快，就地一滚，侧身躲过了迎面打来的第二下扁担，伸手去拔挂在腰间的刺刀。杨志玉见状，眼疾手快，只听“啪”的一声，又一扁担砸下去，正中鬼子兵抽刀的右手，刚抽出半截的刺刀连同刀鞘一起被打落在地。红了眼的鬼子兵忍着右手的疼痛，一跃而起向杨志玉扑来。杨志玉毫无惧色，迎面一个饿虎扑食就将小鬼子扑倒在地，抡起大拳就朝鬼子兵头上一顿猛砸。身上挨了两扁担的鬼子兵也拼命地和杨志玉厮打反抗。杨志玉早就恨透了鬼子兵，新仇、旧恨齐聚心头。他越想越恨、越打越猛。几分钟后，这个穷凶极恶的日本兵便七窍流血，一命呜呼。此时天色已黑，杨志玉和惊魂未定的妻子利用夜色的掩护，偷偷将鬼子的尸体抬到庄子路北一里多远的三古堆水塘边，扔到了水里。他想造成鬼子兵自己掉到水里淹死的假象，回家后又迅速铲除泥地上的血迹，清理现场，以防鬼子兵发现踪迹前来报复。

第二天，驻担子火车站的鬼子小队长发现一个叫稻村矢司的军士外出未归，就派出十多人下乡寻找。结果在石狮子以北、三姑堆以南的一个水塘里发现了失踪的稻村矢司的尸体，鬼子开始以为是他自己不小心落水淹死的，结果捞上来一看，尸体血肉模糊，七窍流血，才知是被他人打死的。于是张贴告示，捉拿凶手，同时对铁路以西的乡村进行疯狂的报复。他们放火焚烧了从东到西的梅庄、石狮、三古堆等十多个村庄的房子，被焚烧的村庄一片火海。

很快，杨志玉怒杀鬼子兵的事，在当地悄悄传开，老百姓个个拍手称快，都夸他是杀敌英雄，为我们老百姓报了仇，出了口恶气。在群众的掩护下，杨志玉躲过了日本兵的搜捕，穿越了滁全公路上的封锁线，到腰铺庙山参加了抗日游击队。

讲述人：王玉银

搜集整理：胡成明

张启聪勇斗鬼子

张启聪是乌衣镇前张村庄的一位普通村民。日本鬼子残杀中国老百姓，他恨得咬牙切齿。下面讲一讲他与日本鬼子斗争的故事。

那时候的前张村庄是一个大村子，鬼子看中了这个大村子，就在前张住了下来，将马匹拴在张家祠堂里。鬼子住到了村子里，前张村的民众都“跑反”躲到了山里去了。他们隔三岔五的派个人晚上回来看看，看房子被烧了没有，再悄悄到藏粮食的地方扒开看看，带些粮食回山里。

有一天傍晚，村民张启聪悄悄摸回村子。他看到村庄前土地庙旁边树上拴着一匹鬼子的马，枣红色的，又高又大，他决定偷走这匹枣红马。等到天刚擦黑，张启聪躲在草堆里，看到鬼子去吃晚饭，他悄悄从草堆后面靠近枣红马，去解马的缰绳。不知是自己太激动还是缰绳拴的太死，怎么解也解不开。就在这时，一个鬼子发现了他，鬼子叽里呱啦一叫，引出了屋子里的一群鬼子。鬼子举枪就打，他赶紧丢下马缰绳一个拐弯转身朝圩埂跑去。眼看天已经快黑了，鬼子怕有埋伏也不敢追。他这次虽没有偷到日本人的马，但造成了鬼子的恐慌，鬼子此后不敢把战马放在远处。

抗日战争中期，鬼子在离前张村庄不远的上薛村庄建了一座炮楼。炮楼建好后交给一个叫车进喜的汉奸头子带着几个汉奸驻守，日本鬼子不时来检查一下。

这时候张启聪和弟弟张启良弄到了一杆打野鸡的破猎枪。两兄弟修理修理猎枪，准备伺机打鬼子。这一天，他俩正在前张村后竹园墙下捣鼓这条猎枪。正巧，一个鬼子兵骑着一匹马大摇大摆从上薛炮楼朝前张村西大路走来。张启聪看到只有一个鬼子出了上薛炮楼，他用胳膊肘碰碰张启良，张启良抬头也看到了。兄弟俩将猎枪装满火药，然后架在前张竹园墙上对着骑马的鬼子瞄准。他们屏住呼吸，等鬼子越来越近，张启聪把猎枪对准鬼子的脑袋猛地扣动扳机。猎枪响了，可惜，猎枪的射击距离实在太近，没有打中敌人。鬼子听到枪声，立刻将头和身子埋进马脖子后面，两腿夹紧马肚子调转马头朝西葛街跑去。张启聪这一枪虽然没有打中鬼子，但也把鬼子吓得屁滚尿流。从那以后，鬼子再也不敢一个人单枪匹马自由自在地来往于西葛和上薛炮楼了。

为了保护乡亲，张启聪还勇斗暗地里与日本人勾结的土匪“白刀队”，并失去了自己的手臂。

青年张启聪勇敢打鬼子和与土匪斗争的故事在原滁县东南乡几乎家喻户晓，大家都称赞他是勇斗鬼子的好青年。

讲述人：张世翠

搜集整理：张如奇

蔡县长灭匪安民

在施集、大柳、珠龙一带，至今还有很多老年人能讲述原滁县抗日民主政府县长蔡家璋消灭土匪和反动恶势力，保护人民安定生活的故事。

1940 年 3 月 15 日，滁县抗日民主政府在施家集成立，蔡家璋当选为第一任县长。民主政府成立初期，施家集、大柳、广卫一带土匪和反动势力十分猖獗，他们杀人越货，拉牛绑票，当地群众深受其害。

同年 5 月 29 日，施家集西冷发生了一桩令人发指的血案。我军滁三区区长章全、区队班长漆某某和民运组长陈隆源在西冷住宿时，突然遭一伙散匪袭击，三人均蒙难牺牲。“西冷血案”是典型的土匪反动武装对抗日民主政权蓄谋已久的一次血腥报复。蔡家璋县长决定消灭恶势力，巩固新生的民主政权，保卫人民生命财产安全。经过侦察员深入调查，几个坏人浮出水面：施集街上开澡堂的赵子厚（赵胖子）系反动的安清帮成员，对新生民主政权非常仇视，到处散布谣言，蛊惑民众。他联系施集顽保长冷谭海（冷歪子，系国民党党员）、开饭店的唐敬先（系安清帮成员）等人，经常一起密谋，要对民主政权进行破坏。赵胖子认为行动要大要狠，搞出动静来，影响面才能扩大。冷歪子建议增加人手，他们鼓动陈某某、韩某某、谢某某和施老三等人入伙参加。这些人都是游手好闲的二流子，平时游荡街头，敲诈勒索无恶不作。新政权对他们强制管制，监督劳动。他们怀恨在心。这些坏人一拍即合，在冷歪子家开会，赵胖子拿出破坏计划，密谋袭击我方人员，引发人民恐慌。

一天，赵胖子、冷歪子得知我军滁三区有干部晚上到西冷住宿，他们连忙召集数十名游兵散勇，趁滁三区区委书记李力群等主要干部到县委开会之际，约在夜晚 10 时许走小路到达西冷后面的山头上，在坏人的指引下，这些散匪顺着屋外墙边溜入偏西头屋里，将睡在屋里的区长章全等干部全部枪杀。

蔡家璋听到噩耗后大为震惊，及时向县委汇报。蔡县长在对“西冷血案”调查清楚后，由于人证物证齐全，他带领县大队先后逮捕赵胖子、冷歪子、唐敬先及其有牵连的另外八个人，经审讯这些人对罪行供认不讳。6 月 20 日，滁县抗日民主政府在施家集召开公判大会，蔡县长在会上讲话，他宣传抗日民主政府的一系列政策，表明态度，坚决彻底严惩一切土匪反动势力。会上宣布赵、冷、唐三个罪犯死刑，立即执行枪决，另外八个人也受到相应的处理。

“西冷血案”处理完毕，蔡县长建议以此为突破口，开展肃反清匪斗争。报告得到上级批准，上级调来一个加强连支援。蔡县长把县政府的中心工作转移到肃反清匪的斗争中，他带领县大队转战施家集、大柳、广卫一带重灾区剿匪安民。大柳乡土匪头子管某某，曾经抓人绑票，拦路抢劫，杀害商贩。民主县政府将他逮捕镇压，大柳一带便太平了。不到半年时间，土匪及反动势力的嚣张气焰被镇住，人民得以安宁，新生的抗日民主政权得到巩固。

根据有关资料和老人讲述编撰

搜集整理：徐舟

吴乡长被谋杀

沙河集附近原来有个盈福寺乡。这一带至今还流传着吴广成副乡长惨遭敌人谋杀的事情。

盈福寺乡在今南谯区西北部与当时嘉山、定远县接壤处。抗日战争胜利前夕，这个地方有两股势力：一是经常出没的土匪；二是乡里的保甲队和伪军兵痞。两股势力都危害老百姓，人民生活处在水深火热之中。当时盈福寺乡乡长曾元顺是国民党顽固派，曾出卖我军军事行动情报，有通敌行为。为解救人民苦难和建立民主政权，我党派共产党员吴广成到这个乡任副乡长，方少先任乡游击队长。因为当时是国共合作时期，曾元顺仍担任乡长。我党派来吴广成副乡长和方少先队长，使他们的反革命与敲诈老百姓的行为受到限制，于是曾元顺等人就千方百计想拔掉眼中钉。经过秘密策划，反革命行动开始了。

1945 年 7 月 15 日，曾元顺谎称有顽军来犯，支走了方队长和游击队员。他通知吴广成下午开会，会议在盈福寺大庙里举行。开会时吴广成对面坐的是顽保队长李玉欢，身边是曾元顺亲信梅玉和，一帮坏人把副乡长吴广成围在中间。他们趁吴广成讲话时，李玉欢偷偷掏枪要打死吴广成。因李玉欢用的是老旧枪没有打响，吴广成见情况不对，立即掏枪，就在他掏枪时被保安队队员梅玉和开枪打死了。吴广成当时才 24 岁，为中国革命事业献出了宝贵生命。第三天，我党领导的游击队来了上百人，曾元顺等人吓跑了，我党又重建了乡政权，并盛殓烈士遗体，送回他的故乡——嘉山县自来桥进行安葬。

新中国成立后曾元顺、李玉欢和梅玉和均被人民政府镇压。为了纪念吴广成副乡长，人民政府把盈福寺乡改为“广成乡”。建立人民公社时广成乡又改为盈福寺大队。2007 年盈福寺村和草王村合并称为草王村。

讲述人：李荣辉

搜集整理：杨义荣

少年英雄施学俊

施学俊是施家集人。他在 13 岁时参加革命，1945 年，他为保护滁县抗日民主政府机关，不幸受伤被俘，惨遭酷刑，英勇不屈，壮烈牺牲，年仅 18 岁。

1940 年 8 月，施学俊参加革命后，被组织上送到津浦路西抗日联合中学学习，成为路西抗日联中第二批学员。学习结业后，他先调到津浦路东工作，后又调回津浦路西，任滁县花山区丰山乡政府助理员，实际身份是情报员。按照我党指示，施学俊曾多次化装成学生到敌占区滁县县城收集敌情，张贴标语，宣传抗日。为及时掌握敌情，施学俊在滁县县城建立多处秘密情报联络点，为我军取得胜利及时提供情报。路西根据地药品紧张，他设法从滁县县城购买一批急需药品及时送到目的地。他的工作做得很出色。

1945 年，施学俊在执行任务中发现一队日伪军向马鞍乡（解放初期并入施集乡）进犯，而滁县抗日民主政府（驻施集境内）与敌军仅隔一华里。为了保护民主政府，他急中生智，对着敌人开枪，把日伪军引向自己，使滁县抗日民主政府安全转移。他在与敌人交火中受伤被俘。被俘后，敌人对施学俊实施酷刑，逼他讲出中共党组织及滁县抗日民主政府驻地的位置。施学俊坚贞不屈，义正词严道："你们这群强盗，末日已经来临，唯一的出路是放下屠刀，向中国人民投降！"气急败坏的日本鬼子用刺刀连捅他十几刀。施学俊壮烈牺牲，年仅十八岁。

中共花山区委得知施学俊遇难，立即向上级汇报，并组织区武装中队与新四军四旅侦察连和民兵配合，抢回英雄遗体，安葬在他的家乡杨饭店村。

施学俊虽然牺牲了，但人民没有忘记这位少年英雄。新中国成立后，政府追认施学俊为革命烈士。1950 年向其母亲施张氏颁发了烈士证书，发给抚恤，并经常慰问。2005 年，抗日战争胜利 60 周年之际，滁州市委、市政府拨出专款将施学俊的坟墓修葺一新，并作为青少年爱国主义教育基地。

根据有关材料和老人讲述编撰

搜集整理：徐　舟

乌衣抗战风云

1937 年 12 月 18 日，日寇入侵滁城。12 月 19 日下午乌衣沦陷。国民党乌衣区东四保联保主任石某某带领一帮降日派拱手笑迎，将日本侵略军引进古镇。在日本侵略者白色恐怖中生活的乌衣人民，在共产党领导下对日寇和汉奸展开了不屈不挠的斗争。

日本侵略军在乌衣的军事部署

日本侵略者设立“红部”，即日本侵略军驻乌衣警备队指挥部。开始设在乌衣东街陈家的鸿宾楼旅社后面，由于该地方不能适应其军事需要，尔后又迁到街西头刘汉开的米厂粮行处，占地约 30 余亩。红部岗哨森严，过往行人路过那里都要向日军哨兵行鞠躬礼，稍有疏忽，不是被拳打就是被脚踢，甚至有被关押而送命的。

八年里，日军驻乌衣最高长官系警备队长（尉官级）曾有中村、佐藤、谷口、三木、竹内、藤本担任过，内配有文书教官西本律三。红部还豢养了七八条狼狗，专供清乡和残酷迫害中国人用，并配有犬太警（名叫原田春海），外加一个马队。日本翻译官苏聪晓是中国人。

乌衣四周炮楼耸立。日本侵略军为了固守乌衣战略要地，在乌衣东门楼外建造了坚实的东炮楼。过津浦铁路一道桥处，向东西两侧伸展电网长达1500余米，与炮楼相隔咫尺，严防铁路西。西门楼的西炮楼高耸入云，电网向左右延伸长达1100余米，配合着河北小街土炮楼里驻守着的地方汉奸武装，凭借着清流河的天然屏障，作为第一道防线死守铁路东。日军的东西炮楼加上密布的电网，用以防范和钳制我路东、路西的地下党和人民武装力量在乌衣的活动。北炮楼在乌衣白米山，居高临下，坚不可摧，驻守着日军的一个班。南炮楼在新华村十八迈，部署森严，驻守日军一个加强班。南北炮楼直通电话，遥相呼应，不时有日军装甲车往来巡查，控制着津浦铁路大动脉。乌衣火车站驻守日军一个宪兵小分队，作为交通联络中枢并肩负着过往旅客和百姓的盘查，真是到处戒备森严。由于地痞流氓、汉奸走狗的卖国求荣，助纣为虐，日军趁机先后网罗了一支又一支以华制华的反动武装，充当他们的马前卒。

日寇暴戾　汉奸凶残

日寇侵占乌衣后，乌衣百姓终日惶惶，生活在日本侵略军的白色恐怖之中。鬼子到乌衣的第三天，就派小分队直逼担子柯湖一带扫荡，所到之处烧杀掳虐，血债累累。担子西王庄30多户人家房屋被烧。鸟花村的周志忠、周志良弟兄俩回村取吃的东西时，不幸被鬼子捉到，鬼子当即用绳子把他们俩捆绑起来，扔在草垛里活活烧死。

1939年，一宿庵附近的铁路被我地下游击队炸毁，伪特工队李某某、张某某、郭某某还有一个提篮沿街溜乡叫卖油条的陈作安等四人涉嫌与此事有关。日本宪兵队将其四人逮捕关押在乌衣红部，由三木太警审讯并亲自指挥用狼狗咬四人，其中狼狗唯独未咬陈作安。后来陈作安被日寇重用为清乡带路人，成了危害人民的汉奸。其余三人被送交滁县老八中（今三中）日驻滁宪兵总部，并被日寇狼狗咬死在刑房里。陈作安于新中国成立后，在镇压反革命运动中被人民政府依法执行枪决。

日寇和汉奸四处清乡，如饿狼扑食。一次在对乌衣黄悦寺一带清乡扫荡中，日寇在稻草堆里将农民雍某某、史某某抓捕，怀疑其中一人是地下游击队，故将雍、史二人押到乌衣后街马家菜园，由日寇三木太警行刑，他一刀将雍的人头砍掉。史因取保候审，在刑场陪斩。

日伪兵匪盘踞在乌衣清流河畔，百姓惨遭蹂躏，苦不堪言。特别是农民长期过着衣不蔽体、食不果腹的悲惨生活。为了生存，人们有时冒着生命危险回乡收庄稼。乌衣林庄上下埠一带的农民回乡抢收小麦，遭到了日伪军的袭击。农民无奈，只好在烧毁的断垣残壁中，在焦土上支起锅灶，靠野菜充饥。平时下地干活时，还得有人站岗掩蔽窥望，站岗人远远看到鬼子和汉奸拔腿就跑报信，稍有疏忽就有被打被绑被杀的危险。"豺狼"的罪行，一桩桩一件件，罄竹难书。

地下党对敌斗争

1938 年冬，共产党领导的游击队在乌衣敌占区活动，后因乌衣杨岗的李某和担子东陈的刘金花，在对敌斗争中均严重违法乱纪，被组织上撤销了职务，导致活动暂停。1941 年春，全椒县枣林集地下党派王歧来乌衣镇以挑粮贩盐作掩护，宣传抗日救国，收集敌人情报，送到解放区。1942 年春，组织上又增派以钟立功（全椒县马厂人）为首的四个人，带着枪支来乌衣，在担子雷庄朱永富家和王歧接头，开展地下抗日武装斗争。当时他们的主要任务是团结民众，宣传抗日，了解津浦线上日军和国民党顽固派的活动情况，及时上报并伺机打击敌人。

1944 年春夏之交，王歧等人按照上级的部署，拔掉了玉皇乡的伪乡政府。伪乡长蒋庆义不仅和土匪勾结拉牛绑票，而且还不择手段地搜刮民脂民膏。一天，他在担子鸟花村许善财家逗留，地下党得知消息后，派陈文华（又称陈老四）送信到滁县花山新四军部队，当晚部队派便衣队赶到。此时蒋庆义正与一帮人在许家赌钱，地下党便衣队按照事先部署一拥而上，玉皇乡伪乡政府人员除一人不在外，其余七人全部落网。正当我方用绳子捆绑他们时，蒋的叔叔击门向外逃窜，被我党便衣队一枪击中，死在许家门前的石磙子上。除将一名姓黄的伙夫释放外，其余五人全部被我党便衣队击毙于汤家塘旁麦地里。这次战斗缴获四支长枪，一支短枪。

1945年春，上级指示乌衣地下党便衣队抓一名鬼子，以便了解当时日军的内部情况。经过研究，找了日军北炮楼小帮夫沈志明（与我方有联系，会日语），向他问清楚鬼子查路的时间。便衣队当晚就潜伏在担子崔家湾，路过崔兴业家门口时，发现有几个人带枪睡在门板上。便衣队一拥而上把他们的枪下掉，当敌人明白过来时，已成了俘虏。经审问才知道他们是徐家财带领的白刀队。于是，便衣队改变了抓鬼子舌头的计划，当夜把这批人带到花山游击队，经过一夜思想教育后，又把他们放回。可是，徐家财却不思悔改，反而指使他的徒弟刘学文到处打听便衣队的下落，伺机进行报复。组织上为了暂时避免敌人的报复，便将便衣队撤回花山。敌人闻风恼羞成怒，竟把王歧的堂弟王经和朱永富的母亲抓去做人质。便衣队为了打击敌人的嚣张气焰，也把白刀队的后台伪乡长陈锡瑞的父亲抓到花山，令其写信给他的儿子，不放我们的人，他也回不去。陈锡瑞为了救他的父亲，只得把王歧的堂弟和朱永富的母亲放回。

人民武装三战三捷

1940年春的一天，在摸清敌情后，新四军某部驻来安县的一个支队，为了震慑日寇，按照上级指示于午夜赶到乌衣河北小街袭击驻守在李家祠堂的伪自卫团部分看守人员。当时大部分自卫团的人有的在泡烟馆，有的在赌场，有的逛妓院，只留下几个人在祠堂守卫。支队战士进入祠堂后，一阵枪响，当场击毙两名看守人员，其余看守人员闻风丧胆四处仓皇逃窜，这次行动缴获长枪九支。考虑到敌强我弱，行动已达到“敌驻我扰”的目的，我方人员便迅速撤离。

经过这次被袭，日伪方面恐慌万状，加强了河北小街的防务。调蒋庆生连长率乌衣伪绥靖队固守河北小街李家祠堂。1941年秋，地下党来到安汉河区区委，为打击驻乌衣日伪军的气焰，在得到特工人员提供的敌方兵力布置草图后，经过周密研究，于一天深夜率区队从汊河出发向乌衣河北小街挺进。当夜两点许，队伍开到街北头白果树附近埋伏，侦察员来报，绥靖队全部酣睡。游击队乘虚而入，直捣李家祠堂，只听查区长一声高喊："缴枪不杀，优待俘虏!"伪绥靖队员纷纷跪地举手，以示投降。没伤一兵，没放一枪，除绥靖队蒋连长在烟馆夜宿嫖娼外，其余30多名队员被一网打尽，连人带枪全部被押往汊河。

1944年8月6日夜晚，我军淮南抗日部队来（来安）六（六合）支队某部，在司令员陈启文、政治委员谢署光率领下，分头抵达津浦铁路东侧来安县的伏家湾、小河口一带，当晚十点推进到乌衣河北小街，对伪军展开攻击。

驻扎在乌衣的是汪伪第一方面军李长江部的一个连，因日军对他们不够信任，只允许他们驻守乌衣河北小街上。当尖兵队到达小街伪军工事面前时，伪军岗哨听口令回答误以为是"自己人回来"，便毫无防备。当伪军哨兵被捂住嘴缴下枪打翻在地时，我军子弟兵已按作战计划进入街巷，占据要点进入工事。这时，少数的伪军正在酣睡，大部分在赌场上、烟馆里、妓院内浪荡逍遥。一时间，四面八方的枪声，手榴弹爆炸声，呐喊声，地动山摇。伪军手足无措，有的被当场打死，有的跪地求饶，有的投入清流河企图泅渡到西岸。浮游在河面的伪军，有的中弹，有的自沉，活着的游到离河西岸不远处时，前来援助的日军小分队长森田误认为其中有诈，用机枪把他们统统打死在水中，李部的伪军一个连被全部歼灭。历时40分钟的战斗，共击毙伪军70余人，俘虏30余人，缴获长短枪50余支，各式子弹1000余发。这次战斗，给进驻皖东的汪伪第一方面军以沉重打击。

根据有关资料和老人讲述

搜集整理：黄文华

佛教界齐心支持抗日

日本鬼子侵略中国实行惨无人道的烧、杀、抢三光政策，激起了原滁县佛教界无比的愤恨，他们齐心支持新四军抗日的故事也流传至今。

1938年夏天，新四军游击队根据琅琊寺爱国僧人提供的情报，打死打伤十几个日伪军。日寇四处查线索要进行报复。不久，接到密报，说有新四军游击队在琅琊寺“赶斋”（即吃斋饭，其实是到琅琊寺联络）。日本兵气势汹汹来到琅琊山，一口气烧掉了琅琊寺几十间古建筑。

在琅琊寺被焚烧前，琅琊寺住持达修老和尚与果清大师怎么阻止也没有用。火烧之后，日军先是要把达修老和尚带到城里关进监狱，再审问他有没有与新四军往来。果清大师为保护师父和琅琊寺财产愤然去和日本兵理论。他义愤填膺，斥责日本人的野蛮行径。果清在据理力争时，被日军打成重伤。但果清仍毅然决然地代替师父达修作人质而被日本人押解前往城里。为了查清有没有新四军在琅琊寺“赶斋”，日军把负责伙房的谢四居士也一并带走。当走到琅琊古道峰回路转拱门处时，南天门响了几声枪声，日军随即追上南天门，但并未找到新四军游击队。可是日本人认定琅琊寺曾窝藏救助过新四军游击队。日军就把已经被他们打成重伤的果清大师和谢四居士就地绑在路边山坡的树上，先是审问，在毫无结果的情况下，凶残的日本鬼子点起熊熊烈火，活活地将二人烧死。

日军在琅琊寺杀人放火的罪恶行径，激起了滁县佛教徒对日本鬼子的刻骨仇恨，对共产党领导的新四军游击队更加拥护。他们与花山新四军游击队接触频繁，互通情报，经常给新四军代办药品、日用品等，动员滁县佛教信众主动送粮食给抗日游击队。腰铺二郎山祈福寺僧人主动给新四军战士治伤、治病。在全体人民包括佛教界的支持下，滁县抗日队伍越来越壮大，取得一次又一次胜利。

1986 年秋，琅琊寺住持果园法师接待了由当时的滁县地区旅游局安排来的几名日本老人，他们就是当年驻扎在滁县县城参加过到琅琊寺杀人放火的日本士兵，他们如实说了当年放火焚烧寺院和烧死果清与谢四两个人的经过，并向住持和尚果园法师表示歉意和忏悔。

搜集整理：妙　善

摔跤结友情

日本军国主义发动侵华战争，实行烧光、杀光、抢光的三光政策，真是罪恶滔天，但也有日本士兵对中国人民比较友好的，下面讲一个中国老百姓与日本兵通过摔跤互结友情的故事。

1944年，驻在乌衣镇的日本兵中，有个叫西木的士兵。这个士兵个子不高，有点力气，平时喜欢文体活动。一天，西木来到镇上一个姓金的烧饼店里，要找店主金二摔跤。这个金二长得五大三粗，因他的眼睛有点近视，人们都叫他“金二猫子”。金二猫子不仅烧饼做得好，力气也比较大，是镇上出名的摔跤能手。西木吃过金二猫子的烧饼，又听当地的伪军讲，金二猫子会摔跤，因而西木来到烧饼店要与金二猫子比试摔跤。

金二猫子哪敢与日本鬼子摔跤呢！便推说眼睛不好，又有病，发烧头疼，给西木两块烧饼，把他打发走了。

过了两天，西木又来了，坐到店中，要比摔跤。金二猫子怎么推辞，西木都不走。金二猫子无可奈何，只得脱掉外衣，紧了紧裤带，与西木摔跤。金二猫子虽然身大力不亏，完全能够胜过小个子西木，但他心里头发虚，不敢赢西木。两人交手没有几下，金二猫子就被西木放倒了。

金二猫子有意输摔跤，西木心中明白。他一边做手势，一边用半生不熟的中文说："你的（身材）大大的，我的（身材）小小的……你的有意的，不行不行的……"在西木的要求下，两人又重新比起来。金二猫子用一半力气，与西木来来往往，相持几下，但心里畏惧日本士兵，还是跌倒在西木身子下面。西木动怒了，抡起拳头揍金二猫子，边打边说："朋友的不够……耍孬熊的有……"

西木打了几下，又把金二猫子拖起来，要他拿出真本事比摔跤。金二猫子被西木的拳头激怒了，爬起身来抱住西木用力就摔。没几下子，把西木重重地摔倒在地下，并按照西木打自己的做法也揍他几个拳头。西木从地下爬起来，不仅没生气，还竖起大拇指，称赞金二猫子是好样的，跤子摔得棒棒的。

第二天西木又带两个日本士兵来与金二猫子比摔跤……

斗转星移，沧海桑田，一转眼几十年过去了。20 世纪 80 年代中期的一天，已成为老人的西木又突然来到乌衣镇，找到满头白发的金二猫子，送给他香烟、打火机等礼品。两位老人见面时非常激动，西木说，当年他是不情愿到中国来的，是被抓来打仗的。还说，当年比摔跤，是受反战宣传的影响，想交中国朋友。

原来西木这次来我国是经商的，他从南京与几个人一道抽时间到乌衣镇，一来重游故地，二来看望金二老人。两人真是不打不相识，摔跤结友情。

讲述人：刘开信

搜集整理：孙　茜

腰铺一棵松

在腰铺镇梅铺村一棵松村民组的庙湾有一株古柏，树龄约1200年。此树高约12米，胸围2. 8米，树冠投影93. 6平方米，东西长13米、南北宽7. 2米。此地共有两棵柏树，其中一棵遭雷击而死亡，现存此一棵，当地人称之为“一棵松”。这个村民组也因此而得名一棵松。因此树年代久远，虽然历经沧桑，部分枝条虽死仍多年不腐，这使该树显得既古老又有生机，加上树干高大直立，更显其挺拔威武之姿。

一千多年来，“一棵松”多次受到自然灾害和病虫危害，曾一度濒临枯死，由于爱心人士捐资保护，对这棵古老的柏树进行修筑围栏、培土，有效地保护了这棵古树。因为树龄很长，当地有部分老百姓认为这是一棵神树，遇到个小病小灾，有些人向老树许愿，以期望保佑全家人的幸福安康，而这颗古树也不分昼夜守望着这块土地上淳朴祥和的人民。

讲述人：李向东

搜集整理：董吉庭

华严庵千年银杏

在大柳镇华严庵村小学门前有一棵古老的银杏树，树龄可能近千年。树高约22米，胸径1. 5米，冠幅为20米长，占地约0. 5亩。这棵树有一个主干，主干周围萌发出6棵胸径为30厘米左右的小树，整株树在其生长过程中由于树干高大，曾多次遭雷击，部分已经枯死，但仍有部分枝叶繁茂。

相传华严庵村因千年前的尼姑庵而得名，这株银杏也是由当时建庵的人所栽的。随着时代的变迁，银杏树旁开办过私塾、学堂，后来又建起了小学，一直延续至今。新中国成立前，该庵的最后一位住持，人们称“顾斋公”，在这株古树前放置了一尊佛像，这引来了当地的群众前来祭祀拜佛，曾经盛极一时。

“文化大革命”期间这些活动被禁止，部分物品被损坏，香火中断。作为历史的见证，这株古银杏在1990年以后曾作为背景拍过电影，国内和日本学者也前来实地考察研究，不断有外地的游客慕名而来，拍照留影，成为当地一个新的旅游景点。

讲述人：曹明华

搜集整理：黄　晔

姚李古柏树

在施集镇井楠村姚李村民组的山坡上有一棵古柏树，树龄大约510年。此树高7米，胸围3．2米，冠幅55平方米，树干苍劲扭曲，有四个向外伸展的大枝，由于重力的作用，树在主干的分枝处已经劈裂，但枝叶依然密集葱郁。说起这棵古树还有一段传奇故事。

由于这里土壤肥沃，此地长期居住着姚姓和李姓人家，而得名姚李村庄。这里气候宜人，林茂粮丰，特别适宜人居住。为了祈求上苍长期保佑，当地群众在山坡上建起寺庙，栽下了这棵柏树，它历经数百年而长盛不衰。村民们都说这是棵神树，树上从来没有鸟筑巢，还吓退过日本鬼子。

相传在抗战时期，日本鬼子从珠龙桥来到姚李村，一个鬼子兵朝大树开了一枪，结果子弹反弹当场毙命，其他日本兵吓得跑回珠龙桥再也不敢来骚扰了，保住了这一带老百姓的安宁。如今逢年过节来敬香的人络绎不绝。据老年人说，要想祈福，带上三炷香来烧就可以“三星高照”，灵验无比。当然这只是传说和人们的美好愿望。有人作诗称颂这株古柏：“千年古树郁葱葱，庙宇虽小显神通；平安一方老百姓，逢年过节一片红。”

讲述人：李　军

搜集整理：左祥林

大朋圆柏

在施集镇花山村王大朋村民组的山路边有棵古老的圆柏，树龄约 510 年。此树高 9 米、胸围 3 米，树冠东西长 8 米、南北长 7 米。远远望去，枝叶浓密葱郁，像一个巨型的蘑菇矗立在山岗上。走近树旁，感到有一股淡淡的柏香袭来，令你心旷神怡。仔细观测还会发现，它粗壮的树干遒劲蜿蜒，又像是条腾飞巨龙，甚是雄壮。

相传此树有些神奇，

方圆几十里无人不知无人不晓，当地人历代先辈都把它当作吉祥物，甚至把它当作神树一样来敬贡。传说该古树既是大朋村民组吉祥的象征，也是大朋老人生老病死的前兆。不知是迷信还是巧合，只要是老柏树枝叶茂盛，王大朋人就平安无事，要是此树有枯死断枝，这个村庄就有灾情或老年人病死，这也许只是巧合吧！近些年来到王大朋的人很多，有回家探亲的、上坟的，也有到这里烧香许愿的，路过的人大都赞叹它的古老与神奇，谁也不愿用手去碰它、伤害它，都希望它永远伴随王大朋人和南来北往的人，给人们带来好运。

讲述人：章　斌

搜集整理：王新洋

施集镇古圆柏

在施集镇龙蟠村杨郢村民组大洼口有棵古圆柏，树龄约500年。此树高11米，胸围3．9米，树冠投影156平方米，东西长13米、南北宽12米，三人才能合抱。树干分出三大主枝，远看像三只龙爪舞向天空。此树年代久远，至今仍有人带水果等物品向古树贡拜，被当地人称为“仙树”。

相传在很久以前，此树原有四个树杈，当地有个财主，把山场田地都占为己有。这个财主欺压百姓、鱼肉乡民，无恶不作。有一年遇到大旱，山上的野草、树木和地里的禾苗都旱死了，庄稼几乎是颗粒无收，租户自然也就交不起田租了，但是这棵松柏依然是枝叶茂盛。老财主认为是这棵树把当地的雨水吸收了，影响了庄稼收成，就亲自带人要把这棵树锯掉，可是刚锯掉一个树杈，老财主的头就痛了起来，吓得磕头作揖、连滚带爬地跑回了家。老财主到家后便一病不起，不到半年就病死了，从此以后再也没有人敢损坏这棵树了。

目前此树枝繁叶茂，离京沪高铁仅二十米。它好似敞开博大的胸怀，让南来北往的旅客能目睹自己美丽的风采。

讲述人：袁本培

搜集整理：王新洋

双城寺古银杏

大王街道大王村大王西村民组有一棵古银杏树，树龄大约400年。树高25米，胸围5.5米，占地0.4亩。双城寺古银杏树现在仍然高大挺拔，虽然部分主干枯死，但侧枝繁茂，生机盎然。扇形的树叶，秋天一片金黄，具有较高观赏价值。其白果营养价值高，可食用也可药用。关于这棵树还有一个传说故事。

相传该树原植于双城寺的四合院内，是一位得道高僧亲手所植。后来此地常有两条大蛇出没，这两条大蛇东饮长江水、西栖琅琊山，传说是小青龙的化身。还有老年人说，大蛇能为百姓驱病除魔，使当地风调雨顺、百姓丰衣足食。双城寺在“文革”期间被毁，现在每年仍有许多村民前来树下祭拜烧香，求神保佑、许愿还愿。

讲述人：陈义林

搜集整理：谈秀春

白云庵古银杏

白云庵位于珠龙镇官塘村瓦屋刘村民组，寺庙附近有一颗银杏树，占地约 1 亩左右，有 5 个主干，每个主干直径都有 2 尺多。传说这棵银杏树会流血。说起这棵树还有一段感人的故事。

白云庵原来有大殿、主房、偏房 30 多间，现在已不在了。从前这个庙在每年的正月十五逢庙会，香火很旺。庙里住着三代和尚，一代和尚是寺庙的住持，二代和尚法号叫“晒梅”，三代和尚法号叫“强旷”。和尚们很爱护银杏树，干旱时浇水，平时不让人碰它，这树生长得很茁壮。庙的周围住着杨、汪、阮三户人家，他们种着寺庙的土地。有一年秋天的晚上，一伙土匪到三家抢粮食，其中抢了一袋芝麻，恰巧芝麻的口袋有个绿豆大的洞，土匪抬着抢到的粮食回到了驻地，芝麻也撒了一路。第二天被抢的人家顺着撒在地上的芝麻找到了土匪，但又不敢直接去找土匪要粮食，只好找到了住持和尚向他说明情况。住持和尚急忙向官府报案，官府把带头抢粮的土匪枪毙了。不久住持和尚就病死了。但其他的土匪心生报复，暗下狠心，要为死去的土匪头子报仇。这一天机会终于来了。在“晒梅”和“强旷”和尚去为一户人家办法事的时候，土匪把两个和尚关在这户人的家里，用石头把他们活活砸死了。人们为了纪念“晒梅”和“强旷”，就把他俩的坟墓安葬在离白果树不远的地方。后来由于寺庙被毁，树的主干渐渐枯空，树叶飘落在枯空的根部，小鸟在树上筑巢，鸟粪落入树下，长年累月的聚集堆压产生二氧化碳，1996 年秋天此树发生自燃起火。珠龙镇政府干部和附近的群众全力救树也没有把树救下。但不久这棵古树的周围又生长出几棵小的银杏树，现已被南谯区政府采取措施保护。

讲述人：夏家付

搜集整理：许明萍

铁树开花

施集镇孙岗村庙芦村民组内有这样一株稀有古树，树龄大约310年。此树树高约12米，胸围3．8米，树冠投影48平方米（东西长8米、南北长6米）。由于生长缓慢，当地群众称之为“铁树”。经过300多年的风风雨雨，树的主干上部已经枯死，树干的中间形成空洞，但仍然枝繁叶茂。到了6月开花季节，满树的花洁白如雪，暗香袭人，令人流连忘返。

该树为流苏树，木樨科落叶小乔木或灌木，因花形像装在车马、花轿、帐幕或楼台等物上的下垂穗状装饰品流苏而得名。这棵树的嫩叶可代茶，香味不亚于“龙井”，故有

“茶叶树”之称。因花为白色、丝状，初夏满树白花，如覆霜盖雪，清丽宜人，又称“萝卜丝花”。此树属于在安徽省分布的落叶小乔木，长成如此高的大树，实属罕见，省树木分类学专家对此也感到十分惊奇，称之绝无仅有。

讲述人：朱读章

搜集整理：左祥林

娘娘庙古银杏

在地处苏皖交界的乌衣镇新华村柳塘村民组娘娘庙遗址附近，有一棵树龄约 310 年的古银杏，这树高约 24 米，胸围 4. 7 米，占地面积大约 0. 6 亩，是一株稀有的雄性古银杏树。虽历经了数百年的风霜雪雨，却依然高大伟岸、郁郁葱葱，正如诗云："巨干粗枝郁复葱，千年啸雨更吟风。"此树紧紧地植根于清流河的堤岸，连同近旁的娘娘庙，当地流传着一个关于二者的凄美动人的爱情故事。

相传，在很久以前，当地有一位樊姓青年，他憨厚善良，经常在清流河埂上放羊。一天，突然见天空中跌落下一只受伤的鸟儿，他动了恻隐之心，抱回家悉心照料。小鸟的伤很快痊愈了。一天夜里，小鸟竟变成了一位美丽的仙女，并与年轻人产生了爱慕之情。但好景不长，此事惊动了玉皇大帝。他派天兵天将捉拿仙女回天庭。小伙子在追赶仙女的时候不慎落入了清流河中被淹死了，仙女见小伙子身亡，也毅然投河自尽。静静的清流河水吞噬了他俩年轻的生命。乡亲们将小伙子埋在清流河边的堤岸上，第二年，坟上长出了一棵雄伟挺拔的雄性白果树，传说它就是放羊青年的化身。人们为了纪念他与仙女忠贞不渝的爱情，在距离那棵白果树不远处建了一座娘娘庙，让放羊青年和仙女姑娘在无尽的岁月里相互守望。

讲述人：杨金成

搜集整理：刘邦勇

郭坂皂荚树

在南谯区西部原常山乡境内，郭坂村民组东边的农田埂上，傲然挺立着一棵珍稀古老的皂荚树。经林业部门现场勘测，该树树龄在 300 年以上，现存树高（至顶梢）6 米，胸围有 2. 3 米，根部出现枯洞，洞内长满了小竹子。树干主枝有 4 脉，冠幅达 30 平方米，树冠受损严重部位在南半侧。树的西侧存有一口古井，井水清冽甘甜。据村庄里最年长的老人说，在他们小时候能记事的年纪，这棵树树干更高，树冠更大，上面还有鸟巢，夏日浓荫满地，是乘凉歇脚的好地方。

关于这棵树的来历，在当地曾流传着一个凄婉的传说故事。相传很久以前，东边的李集乡郝李村住着一个穷苦的少年叫郝柱，自幼丧了父母，是瞎眼的奶奶一把屎一把尿把他拉扯大的。郝柱13岁那年，奶奶病死，丢下了郝柱这么一个家徒四壁的孤儿。无依无靠的少年在穷苦的好心乡邻介绍下，沿着西乡古道，翻山越岭来到郭家坂子的郭财主家当长工。郝柱同其他长工一样，白天下地干活，晚上还要就着油灯给财主家编柳筐、打草鞋，什么苦活脏活都做。数易寒暑，郝柱成了郭财主家里长工们的顶梁柱。当初的少年也渐渐锻炼结实了，长成了英俊的青年。由于郝柱心地善良，人又勤快，在劳动中能够照顾年纪大的长工，日久天长，他渐渐地博得了长工们的好感，大家都亲切地称呼他郝郎。渐渐地，郝郎也被美丽、聪慧、善良的郭家小姐看上了。这郭家小姐，可是郭老财主唯一的掌上明珠，自幼识文断字、知书达理又心地善良，很同情家里的长工们。郭小姐与郝郎是同龄人，郝郎的“好”，郭小姐是看在眼里、喜在心上。渐渐地，郭小姐打破世俗观念，对郝郎心生爱慕之情。可是，一心想攀富结贵、财迷心窍的郭老财主，决定要将小女许配给不学无术、长相丑怪的县太爷的二公子。郭小姐誓死不从，言明非郝郎不嫁！气急败坏的郭老财主一怒之下，赶走了勤劳忠厚的郝郎，并将小姐锁入了绣楼之中。从此以后，郭小姐茶不思、饭不吃，一心只想着心上人郝郎。

郝郎离开郭家后，找到儿时的同乡伙伴一道在集上经营打铁生意。凭着吃苦耐劳、手艺精湛，他的生意日见红火。郝郎多么想多攒些钱，能够带着心爱的人儿远走他乡，过着平安清静的生活。可是，狠心的郭财主硬是要拆散这一对有情人。每一天，一遍遍枯燥单调而又铿锵有力的打铁声，传达出郝郎对郭财主的怨恨。

终于有一天，一个晴天霹雳的消息传到了郝郎的耳中，县太爷家丑八怪公子的迎亲花轿吹吹打打地抬到了郭家坂子。此时，绣楼上的郭小姐已哭成了泪人，心中的郝郎不知现在何方，想到将要面对的那个丑八怪，小姐痛不欲生。此刻，小姐暗下决心："既然生做不成你的人，那我就死做你的鬼。"小姐的花轿路过村头那口曾经郝郎天天都去汲水的古井，万念俱灰的郭小姐奋然一跃，纵身跳入井中。顿时天色大变，电闪雷鸣，大雨倾盆而下，长空划过几道耀眼的闪电，一声巨雷劈开了郭家大门，之后一切皆归于寂静……

郝郎听到这个噩耗，扔掉了正在打铁的铁锤，一路狂奔数十里，"扑通"一声跪倒在古井边，哭成了泪人。井旁的石栏都被他坚强有力的铁拳打出了几道裂缝，至今仍依稀可见。郝郎搭帐篷在井边守孝，七七四十九天之后，看破红尘的他毅然决然地到村北的寺庙里，穿上了袈裟，日夜念叨着他那无人能听懂的经文。

三年后，古井旁长出了一株亭亭玉立、枝叶婆娑、铃角青翠的皂荚树。村民们说，你看它伫立井旁、翘首北望，是不是像刚刚梳妆打扮过的郭小姐，戴着精美的首饰（青翠的皂角），迎着清凉的北风窸窣作响，不停地呼唤着心爱的郝郎。人们认为这棵树可能是郭小姐的化身。也有人说，郝郎虽已出家，可仍对郭小姐朝思暮想，眷顾之心一时无法消弭。郭小姐香消玉殒三年之后，在一个风清月朗的夜晚，郝郎独自一人挖来这株珍贵的皂角树植于井旁，寄托了他对郭小姐无尽的思念，也借此了断郝郎的尘世之缘。

日复一日，年复一年，郝郎与郭小姐的爱情悲剧传遍了方圆百里，感动了无数善男信女。从前七夕之夜，曾有少男少女们来到皂荚树前烧香祈福，恳请上天能圆天下有情人终成眷属之梦。

讲述人：周道河

搜集整理：张　文

竹园李古银杏

银杏树为雌雄异株，一般需要经过人工授粉或借风吹传媒才能结果，但在施集镇施集社区竹园李村庄内却生长着一棵雌雄同株的古银杏树。这棵古树树龄约 300 年，树高约 13 米，最大的胸径达 3．2 米，树冠 56 平方米，主干已枯死，从地面萌生多株胸径达 20—30 厘米的幼树，犹如儿孙满堂。说起这棵雌雄同体的古树，还有一段凄惨的爱情故事。

相传，很久以前这里有一个庙，庙前有棵银杏树，庙后是一片竹园，庙里住着一老一小两个和尚，他们靠化缘及少量的香火钱过着清贫的生活。随着年龄的增长，小和尚渐渐向往男女在一起的生活，他不顾佛门清规戒律，私下与邻近一李姓大户人家女子在庙后的竹园内幽会。事情败露后，族长非常愤怒，命令族人将小和尚与女子一同绑在银杏树上活活烧死，以示警戒，同时封了寺庙，赶走了老和尚。

一对苦命鸳鸯被摧残死了，但银杏树却越长越旺，第二年从树根部又长出一棵小银杏树来。后来，这两棵树就长到一起变成了一棵树，不知从什么时候开始，此树既开雄花又开雌花，到了秋天树上就挂满了金黄色的果实，人们都说这是小和尚与女子凄美爱情的结晶，每年都有许多人到这里拜神求子，也有人在这棵树上采集雄花回去给雌花授粉，希望自家的白果树有个好的收成。

讲述人：刘世金

搜集整理：左祥林

清流河畔姐妹花

南谯区与来安县隔河相望的乌衣镇红山村塘坝郢村民组的清流河堤上，生长着两棵亭亭玉立的古银杏树。树龄约 220 年，树高 8 米、胸围 3. 2 米，树冠投影 30 平方米，都是雌株，分别生长在内外河堤两侧，隔河堤相望。附近村民世世代代将这两棵树奉若神明，逢婴儿出生、抓周等大小喜事都到此烧香、祈福。说起这两棵树还有一段传说故事。

相传在很久以前，一位姓王的将军遭奸佞小人诬陷，当朝昏君下令将王将军一家满门抄斩。将军本人被处斩后，幸得朝中一忠臣及时暗中通

告，他的四个儿女连夜逃亡到滁州清流河边的娘娘庙附近。这时后面追兵将到，身为兄长的王将军之子叫三个妹妹向西北方向逃去，自己在此力战追兵。交战中王将军之子因寡不敌众而身亡，三个妹妹有两个妹妹在乌衣塘坝郢处被追兵杀害，另一个最小的妹妹在隔河相望的来安县境内的清流河东岸被杀。当地百姓很善良，见四人惨死便主动凑钱买棺木安葬四兄妹。第二年在兄妹四人死去的地方分别长出四棵银杏树。王将军之子身亡的娘娘庙前长出了一棵雄性银杏树，而三个妹妹死去的地方分别长出三棵雌性银杏树。这四棵树感谢当地人安葬，共同护佑着清流河两岸的老百姓。由于天长日久，雄性白果树和一棵最小的雌性白果树死了，只剩下两棵雌性白果树——人们称之为“姐妹花”，仍然护佑着当地人民。相传这一带在新中国成立前经常洪水泛滥，但洪水一到此处就立即转折朝别的方向流去，使百姓们免受水灾之苦，人们为了纪念白果树的功德，常进香祈福，保佑当地百姓生活风调雨顺。

讲述人：刘金成

搜集整理：刘邦勇

岗子韩古朴树

在施集镇井楠村岗子韩村庄内有一棵古朴树，树龄约 210 年，树高 16 米，胸围 3. 4 米。树干雄伟高大，主干 4 米，有四大主枝，中部树干空，树根裸露在外。说起这棵古朴树还有一段故事。

传说，在明末清初，当地的韩氏先祖以 50 吊钱买下这周围数百亩山地，山岗上有一棵茂盛的大朴树犹如一把撑开的大伞，能容得下几十人乘凉避雨。树上鸟儿成群，早上天还没亮就叫个不停，傍晚白鹭归巢犹如天降瑞雪。韩氏先人认为这是块风水宝地，因地势较高，取名“岗子韩”。每逢夏天，村里男女老幼都来这棵树下纳凉、躲避风雨、聊天、议事，谁家有了山肴野味也要端到这里让众人品尝。不知何年何月，这棵枝繁叶茂的大树遭到了天公的嫉妒，一个炸雷劈掉了它西面的一只“膀子”。经此劫难，大树的伤口开始腐烂，枝叶日渐稀少，就连过去朝夕相处的鸟儿也移情别恋飞往他乡。

但这棵老朴树一直顽强地生长在“岗子韩”的山岗上。现在这棵历尽沧桑的老树仍然守护着这个村庄，它也许要亲眼看着岗子韩的子孙后代们健康成长、生活幸福，直到永远……

讲述人：梁立法

搜集整理：肖成宝

旱涝天气的“预言家”

在珠龙镇陈王村陈王村民组门前的水稻田中央，有一颗古银杏树，树龄约 200 年。这棵树高 10 米，胸围 1.9 米，树冠东西长 6 米、南北宽 5 米，系雌株树。它高大挺拔，南边的侧枝已断裂、树皮粗糙似松树状、树皮颜色灰暗，树势较为衰弱。

据传说这棵古银杏树是当地旱涝年景气候的晴雨表，一旦枝叶稀疏，表明大旱将至；要是出现枝繁叶茂现象，表明这里的农民们将迎来五谷丰登的好年景。虽然这是自然现象，但人们为了感谢预报，经常给它祭拜进香，祈求年年风调雨顺。

讲述人：郑华友

搜集整理：王新洋

喜鹊庵白果树

乌衣镇塘坝郢村民组原来有座喜鹊庵，庵田里有大小两棵白果树，树龄约 200 年。说起喜鹊庵与这两棵白果树，有一段传说故事。

从前这里有一个寡妇和她的女儿一起生活，耕种白果树附近的土地。这一年秋天，都是阴雨天，人手多的人家，稻子都已收起晒干扬净进了家，可寡妇家的稻把子还在田里。一天，一个当官模样的人路过这里，看到地里还有稻把子没有收。他找到庄上管事的人，管事人如实把情况告诉他。他就命令说：“天气一旦好转，就要帮助她们家把稻子收上来。”娘俩很高兴。后来，这个人经常从这里路过，有时还到寡妇家坐坐歇歇，赶上吃饭时还在寡妇家吃饭。久而久之，寡妇就和他成亲了。在他们成亲三四年的时候，女儿长大了，出落得漂亮水灵。这个继父对女孩垂涎欲滴，想找机会猥亵她。一次，继父见女孩睡着了，就用一种草药把她迷住，欲对姑娘图谋不轨。正当继父实施侵害时，小丫头醒了，给他一耳光，用力一脚把他踢到地上。她一声喊，妈妈赶来，一切都明白了，骂道：“你是个活畜生！”骂完就赶男人走，男人不走就不给他吃，他饿急了，就走了。走了两三天，他又回来赖着不走了。母女俩没有办法，就去告他。可是从乡里告到县里，都没有结果。娘儿俩无可奈何。

一天路过一位大官，娘儿俩就跑到官轿前跪拜，求大老爷处理。大老爷下轿子说："凡家庭都有矛盾。"说完他就上轿要走。娘俩要求处理，拦着路不让他走。正在这时，铺天盖地飞来成千上万只喜鹊。老爷叫官兵挥棒打喜鹊，可是越打越多，喜鹊还啄官兵的脸，老爷无法，只得下轿处理。他判男人三年大牢，出狱后不准回来居住。这时喜鹊方散去，母女俩对着喜鹊群连磕三个头。后来有人提出建一座庙做纪念。庙叫什么名字呢？母女俩说，叫"喜鹊庵"。大家都说这个名字好。于是母女俩化缘，一共化了五年，喜鹊庵才盖好。这座庵砖瓦结构，正厅三间，还有东厢两间，西厢两间，是一座小四合院。两棵一大一小的白果树就长在喜鹊庵的田里。

讲述人：当地老人

搜集整理：杨裕龙

滁河大堤守护者

提起乌衣镇吴港村小贡庄村民组滁河大堤上的老朴树，不仅当地无人不晓，就连滁河对岸的江苏汤泉一带也尽人皆知。这棵树树龄约 150 年，树高 13 米，胸围 2. 85 米，树冠投影面积 294 平方米。树干分枝较低，六个主枝像支起的伞柄，枝叶繁茂，遮阴蔽日，树皮呈棱状突起，更显古老沧桑。伟岸的身影犹如河堤卫士，监视着滁河的水涨水落。

新中国成立以来，堤埂经历了多次加宽加高，树干被掩埋不下于5米，可奇怪的是每次堤坝加固，树根埋压后不到两年，该树又基本恢复原样，生长一直很旺盛。每到夏季，这里便成为当地群众纳凉和路过行人歇脚的好地方。当时，由于圩区树木较少，生长在堤埂高处的这棵大朴树就非常显眼，周围村庄许多顽皮的孩子出门玩耍找不到家时，就以此树为地标，辨别方向，寻找回家的路。由于这棵大朴树使河堤牢固，这一带的滁河河堤从来没有决过堤，使当地人民免受水灾。老百姓称此树为滁河大堤守护者，逢年过节都要前来祭祀它，感谢它的恩德。

讲述人：汪安江

搜集整理：刘邦勇

沙河一棵松

沙河集白米山南院村后有棵不老松，树高约 10 米，粗 3 米多，顶端伸展出 4 个树杈，好像 4 只龙爪，当地老农说该树树龄最少有 140 多年了。这棵树不仅古老，也留下了许多动人的故事。

抗日战争时，日寇侵占沙河镇。一年夏天，毛胡子队长挎着东洋刀，率领两名日本兵和翻译官，下乡逮了 20 多只鸡鸭，还抓个老农挑着这些鸡鸭回营地，途中经过古松，便在树下乘凉。毛胡子队长抹下尖顶帽，一边拿在手里扇着，一边仰视着壮观的古松，同翻译官叽咕了几句，翻译官就向老农说："太君问你，这棵树有多少年了?""一百多年了，是株神树，谁也不敢惹"，老农回答后，翻译官告诉毛胡子队长。毛胡子队长鬼脸一沉，把尖顶帽递给一旁的鬼子兵，"刺啦"一声响，他右手拔出东洋刀恶狠狠地朝古松砍去，不料战刀被古松死死地咬住了。刹那间，毛胡子抱住右腕，疼得猫着腰嚎叫起来，鬼子兵和翻译官惊恐万分，慌成一团，几个人忙过来抱着刀柄使劲摇晃，好不容易才把刀从树上拔下来。毛胡子看了战刀一眼，咧着嘴，摇着脑袋，说着似通非通的中国话："松树的，大大的，神仙的有!"至今松树朝东面的地方，还残留着 5 寸长的刀痕，它记录了日本兵在中国的罪行。

传说这棵“神松”，既能降服日本鬼子，又能惩治坏人。新中国成立前，离古松不远的地方，住着甄保长一家，人们都叫他“甄财迷”。财迷的父亲病危，要棺材盛敛，买一口要上百块钱，他哪能舍得。他苦思冥想，终于在古松上打起了主意。他算了算，大松树能做3口大棺材，老头睡一口，还余两口哩！“不会有人阻挡吧?”他狐疑起来，然而又一想：“我是一保之长，谁要出来反对，定给他点苦头尝尝!”于是他当晚叫来家里两个长工说：“请二位明天到南院锯掉一棵松，我有用场，务必准备好斧头和大锯子，别耽误时间。”两长工走出去没吭声，心里却忐忑不安。他俩曾听说这松树是棵神树，把日本鬼子都治得胆战心惊，因而不敢前去。可是保长的派遣又不能违拗，急的连晚饭也吃不下就睡了。由于又急又怕，肚子又饿，神经紧张，半夜里头发烧，胡言乱语，一个喊“大仙来了”，另一个叫“松树倒了”！保长吓得脸如土色，跪在院子里点香烧纸，朝着古松的方向磕头作揖，苦苦求饶。后来，在“文革”时期，有个造反派司令也要砍树，因遭到群众反对，也没砍成。其实，古松并没有神，人民群众热爱这棵老树，这是当地人为了保护松树，与邪恶势力斗争的一种手段。

讲述人：何清香

搜集整理：杨义荣

方圆百里的地标树

位于乌衣镇汪郢村史郢村民组八湾水库旁的岗地上，生长着一棵罕见的大麻栎树。树龄约 120 年，高 20 米，胸围 2. 2 米，树冠投影 280 平方米，是天然的航空活标志，也是平原圩区方圆百里内仅有的一株地标树。

提起大栎树，当地可谓无人不知，此树不分旱、涝年景，都是枝繁叶茂、生长健壮，每年花开满树可从不结果。在集体所有制时期，全生产队

20 多头耕牛，夏天全都拴在大栎树下，树下不但阴凉还无蚊虫，也经常吸引顽皮的小孩在树下嬉戏玩耍。一天晚上，有一个放牛娃爬到离地 1 丈余高的大树杈上睡觉，不慎跌落下来，也许没跌到要害处，也许是跌在牛身上，孩子爬起来后安然无恙。一些迷信的老人们说，这是大栎树神保佑的结果。后来，每逢过年过节都有人朝拜、进香，一些海外探亲者回来后也纷纷探望。当地民众对大栎树倍加爱护，使大栎树完好无损，他们希望这棵吉祥之树始终保佑着当地老百姓的平安。

讲述人：袁立余

搜集整理：张殿才